好人難遇

芙蘭納莉・歐康納小說集

A Good Man is Hard to Find

&

Other Stories

FLANNERY O'CONNOR

芙蘭納莉・歐康納

各界好評

對芙蘭納莉・歐康納而言，存在著另外一個世界。

——瑞蒙・卡佛（美國詩人／小說家）

我相信，就像芙蘭納莉・歐康納所說，一個小說家最後總會寫到他的童年，這是必須的，是這個時期決定了他的命運。

——勒・克萊喬（法國小說家，諾貝爾文學獎得主）

芙蘭納莉・歐康納和三島由紀夫生於同年，我時常思考他們的生死觀。

——大江健三郎（日本小說家，諾貝爾文學獎得主）

我深信她爲數不多的作品會永遠活在美國文學中……她的作品比十幾部詩集帶有更多的眞正詩意。

——伊麗莎白・畢夏普（美國詩人／小說家）

歐康納的作品可比莫泊桑，角色刻畫精準犀利、地方色彩濃厚……這些故事開創出一個全新的文類，也是第一次能有一位信仰虔誠與才氣高度相當的作家呈現出眼中的美國南方田園。

——《紐約時報》

這些故事中充斥著荒涼、悲憫、滑稽、陰謀與眞理。歐康納筆下的角色栩栩如生，令人毛骨悚然。我很難想出比她更風趣或更令人恐懼的作家。

——羅勃・洛威爾（美國詩人）

歐康納過世後留下的這些故事將會發出更大的光芒，更深刻地打動人心。

——《新聞週刊》書評，華特・克萊門斯

一雙看盡人性黑暗面的敏銳雙眼、捕捉日常對話的驚人耳力，加上必不可少的譏諷。芙蘭納莉・歐康納揭露了美國南方田園日常生活的陰暗面。

——荷莉・史密斯（摘自《女性作家五百傑作選》）

這些故事是大師之作，她是作家中的作家，是無可匹敵的故事工匠。其中某些作品堪稱英語這門語言中最出色的故事。

——《新聞週刊》

當我閱讀芙蘭納莉・歐康納的作品，我想到的不是海明威、凱瑟琳・安・波特或沙特，而是希臘劇作家索福克里斯。對於這樣一位作家，還能有更高的讚譽嗎？在此，我要爲她爲寫出人類墮落與卑猥所用的小說技藝與揭示的所有眞相致上崇敬之意。

——多瑪斯・牟敦（美國宗教思想家）

芙蘭納莉・歐康納的文體風格可與馬克・吐溫及史考特・費茲傑羅並列爲我國最優秀的作家之列。光是她筆下的警句雋語就絕對值回書價……每一位作家、想成爲作家的人或寫作愛好者都該閱讀她的作品。

——《紐約時報》書評，約翰・李歐納

歐康納不僅是她所處時代與地方的最佳女性作家，她以傑出作家代代相傳的卓越文學天賦，寫出一種文化的眞實精神，表現出在美國被泛稱爲「南方」的那個祕密……她是眞正的天才。

——《紐約時報》書評版，艾弗列・卡辛

獻給莎莉與勞勃·費茲傑羅

目次

好人難遇

老祖母並不想去佛羅里達，她想去東田納西探望些親友，所以她一直找機會想讓貝利改變主意；貝利是與她同住的兒子，她的獨子。貝利在桌旁坐在椅緣，埋頭看日報橘色的體育版。「你看看，這裡，看看這個，」老太太一手扶著扁臀站著，一手在貝利的禿頭前窣窣抖著報紙。「那個自封『人渣』的傢伙從聯邦監獄逃了出來，正往佛羅里達去，你讀讀這裡他對這些人幹的壞事。你讀就是了，我才不會帶我的孩子到這種罪犯要去的地方，我良心過不去。」

貝利頭也不抬，她只好轉身找孩子的媽。孩子的媽是個年輕女人，穿著寬鬆家居褲，面孔寬闊又無辜得像顆甘藍菜，紮著綠頭巾，頂上兩個結像兔耳朵。她坐在沙發上餵嬰兒吃罐子裡的杏桃。「孩子們去過佛羅里達了，你們應該換個地方，讓他們看看世界不同的角落，他們沒去過東田納西。」老太太說。

孩子的媽似乎充耳不聞，不過約翰．衛斯理在一旁說：「如果妳不想去佛羅里達，那為什麼不待在家裡？」他是個戴眼鏡的八歲矮胖男孩，和妹妹「六月星」坐在地上看漫畫。

「就是讓她當女王，她也不願留在家裡一天。」六月星一頭黃毛抬也不抬地說。

「是沒錯，可萬一這個大壞蛋抓到你怎麼辦？」老太太問。

約翰．衛斯理說：「我會賞他幾巴掌。」

「就是給她一百萬，她也不願待在家裡。她生怕錯過什麼好事，我們去哪兒就跟到哪兒。」六月星說。

老太太說：「好啊，小姐，下次休想我幫妳捲頭髮。」

六月星說她是自然鬈。

第二天早上，老太太第一個坐上車等著出發，她帶了一只像河馬頭的大黑提袋放在一角，她的貓皮蒂辛藏在袋下的籃子裡，她不願讓貓獨自留在家中三天，牠會太想念她，而且她怕牠會不小心擦開瓦斯開關窒息而死。但貝利不喜歡帶貓進汽車旅館。

老太太坐後座中間，約翰．衛斯理和六月星坐她兩旁，貝利和孩子的媽帶小嬰兒坐前座。他們離開亞特蘭大時是八點四十五分，車上里程表的哩數是五五八九〇，老太太抄下這數字，她覺得要是能知道一共走了幾哩路一定很好玩。車子駛了二十分鐘才到城外。

老太太把自己安頓得舒舒服服。她脫下白色棉手套，連皮包一起放在後窗台上。孩子的媽還是穿著家居褲，頭上仍紮著綠頭巾，老太太則戴了頂海軍藍平頂草帽，帽沿紮了束白色紫羅蘭，身上是印著小白點的海軍藍洋裝，細棉布衣領和袖口都鑲著蕾絲花邊，領口上別了一枝裝有香囊的紫羅蘭布花。萬一路上有個什麼意外，公路上目睹她身亡的人一眼就能看出她原本是位淑女。

她說今天會是適合開車出門的好天氣，不冷也不熱。她要貝利注意速限是五十五哩，小心公路巡警躲在廣告板和矮樹叢後，你沒來得及減速他們就逮著你了。她指著一些有趣的景物要大家看：石頭山、公路兩旁不時出現的藍色花崗岩、點綴著紫色紋路的鮮豔紅土坡堤，地面上各種作物交織，有如層層綠色蕾絲花邊，樹木綴滿銀白色陽光，有些還閃閃發亮。但兩個孩子只管看漫畫，他們的媽則在睡回籠覺。

「我們要快速穿過喬治亞州，免得還得多看它兩眼。」約翰．衛斯理說。

「如果我是個小男孩，就不會這樣批評我的家鄉，田納西州高山綿延，喬治亞州丘陵起伏。」老太太說。

「田納西州只是個鳥不生蛋的垃圾山城，喬治亞州也遜斃了。」約翰．衛斯理說。

「說得好。」六月星說。

「在我那個年代，」老太太交疊起青筋外突的手指說：「孩子們對自己的家鄉、父母和一切事物尊敬多了。那時候的人行事端正。哦，你們看那可愛的黑小孩。」她指著站在破棚屋門口的黑人小孩。「這不正像一幅畫嗎？」她問道，其他人都轉頭望出後車窗，黑小孩揮了揮手。

「他沒穿褲子。」六月星說。

「大概他沒褲子可穿。」老太太解釋道，「鄉下的黑人孩子不像我們什麼都有。如果我會畫畫，就把這個畫下來。」

兩個孩子互換手上的漫畫。

老太太說她可以幫忙抱小嬰兒，孩子的媽就從前座遞過去。她把寶寶放在膝上讓他上下蹦蹬，告訴他沿途經過的景物；她轉動眼珠、嘟起嘴，粗如皮革的瘦臉貼著他滑嫩的臉蛋，寶寶偶爾對她投來一個不經意的笑容。他們經過一大片棉花田，中央有五、六座用籬牆圍起，像小島般的墳墓。「你們看那塊墓地。」老太太用手指著說：「那是老式的家族墓園，歸大農莊所有。」

「大農莊在哪？」約翰．衛斯理問。

「隨風《飄》逝了[1]，哈哈。」老太太說。

兩個孩子看完所有漫畫之後，打開午餐吃了起來。老太太吃了一份花生醬三明治和一顆橄欖，且不讓孩子把盒子和餐巾紙丟到車窗外。他們找不到別的事做，就玩起猜雲的遊戲，一個人選一片雲，其他兩個猜那像什麼。約翰．衛斯理挑了一片母牛形狀的雲，六月星猜是母牛；約翰．衛斯理卻說不是母牛，是汽車，六月星說他耍詐，兩個孩子隔著老太太打了起來。

老太太說，如果他們肯靜下來，她就講個故事給他們聽，她講故事時眼珠骨碌轉動、搖頭擺腦，戲劇張力十足。她說她當小姐時，曾經有個來自喬治亞州傑斯柏鎮的愛德嘉．亞金斯．戴賈登（Edgar Atkins Teagarden）先生追求過她。他非常英俊，而且是位紳士，他每週六下午都會帶顆西瓜給她，瓜皮上刻著他的姓名縮寫E.A.T.。有一次戴賈登先生來時沒人在家，他就把西瓜留在門口，自己駕著四輪馬車回傑斯柏鎮。後來她沒拿到那顆西瓜，因爲有個黑人小孩看到E.A.T.三個字就把西瓜「吃掉」了。約翰．衛斯理被這故事逗得樂壞了，可是六月星覺得一點也不好笑，說她才不嫁給星期六只帶顆西瓜送她的人。老太太說，如果當初她嫁給戴賈登先生就好了；他是位紳士，而且在可口可樂股票剛上市時就買了，幾年前才去世，身家可觀呢。

1 老太太拿美國南北戰爭爲背景的名著《飄》（*Gone with the Wind*）說笑，書中女主角郝思嘉曾奮力想保住喬治亞州名爲「塔拉莊園」的家族大農莊。

他們在「塔樓」停下吃烤肉三明治。「塔樓」是坐落在提摩西鎮外空地上一家半灰泥半木造的加油站兼舞廳。老闆是個叫紅山米．巴茲的胖男人。建築物外面和公路前後幾哩都是廣告招牌，上面寫著：試試紅山米的烤肉，紅山米的烤肉就是不一樣！胖乎乎笑咪咪的紅山米！退役老兵紅山米是你的最佳選擇！

紅山米躺在店外的空地上，頭伸進一輛卡車底。旁邊的小楝樹拴著一隻一呎高的灰毛猴吱喳叫著，一看到小孩衝下車跑過來，牠馬上跳回樹上，直竄到頂端的枝幹上。

「塔樓」一進去是間陰暗的長廳，一頭是櫃檯，一頭擺桌子，中央是舞池。他們找了張靠近點唱機的長木桌坐下，紅山米的太太過來幫他們點餐。她是個高個子，一身皮膚曬得黝黑，頭髮和眼珠顏色則淺得多。孩子的媽投了一毛錢進機器點播〈田納西華爾滋〉（Tennessee Waltz）；老太太說這首曲子老讓她想跳舞。她問貝利要不要跳，但貝利只瞪著她看。貝利不像母親那麼開朗，而且旅行總讓他神經緊繃。老太太的棕眸發亮，搖頭甩腦地假裝在椅子上跳舞。六月星說想聽點能讓她跳踢躂舞的音樂，孩子的媽又投了一毛錢，換了首旋律輕快的曲子，六月星踏進舞池開始跳她的踢躂練習步。

「眞可愛。」紅山米的太太倚著櫃檯說：「妳來當我的小女兒好不好？」

「我才不要，給我一百萬我也不要住這種破地方。」六月星跑回桌旁。

「眞可愛。」女人喃喃地又說一遍，嘴角禮貌地牽動一下。

「你慚不慚愧？」老太太噓聲罵六月星。

紅山米進來叫他太太別在櫃檯閒晃，趕快幫客人送餐。他的卡其褲垮至臀骨，襯衫下的肚腩像袋麵粉翻在褲外晃動；他來到附近一張桌前坐下，又像嘆息又像哼唱地吟道：「你贏不了的，你贏不了的，」他掏出一方灰手帕擦拭汗溼的紅臉，「這年頭眞不知道有誰可以信賴，你說是不是？」

「這年頭確實人心不古。」老太太說。

「上星期來了兩個傢伙，開輛克萊斯勒，車子破破爛爛，可還開得動；這兩人看來沒什麼大問題，他們說是在工廠做事的，我還讓他們賒油錢呢。眞不曉得我怎會那麼胡塗？」

「因爲你是好人。」老太太接口說。

「是啊，我想也是。」紅山米像被這答案打動了。

他太太把餐點送來。她沒用托盤，一口氣端了五盤，兩手各端兩盤，另一盤穩在手臂上說：「上帝所造的綠色世界裡找不到一個可以信任的人，」她看著紅山米又說了一遍，「沒人例外，沒有人。」

「你有沒有看到那個『人渣』的報導？就是那個逃犯？」老太太問。

「如果他不來這搶劫，我一點都不覺得奇怪。」女人說：「如果知道這裡的情況，他不來我可不驚訝。如果他知道收銀機裡只有兩分錢，我深信他會……」

「行了，去把人家要的可樂拿來。」紅山米說。女人轉身去端其他東西。

「好人難遇啊。現在什麼都越來越糟了，我記得以前出門時紗門都不必拴，現在哪還能這樣。」紅山米說。

他和老太太談起以前的好日子。老太太說都要怪歐洲，她說歐洲簡直把我們當成金礦，紅山米說她講得一點沒錯，可現在說這些已經沒用了。兩個小孩跑到外面，在白熾的陽光下看繁茂小楝樹上的猴子，牠正忙著抓身上的跳蚤，然後一隻隻細嚼，一副品嘗佳肴的模樣。

炎熱的午後，他們再次上路。老太太打著瞌睡，每隔一會兒就被自己的鼾聲吵醒。經過杜斯波羅鎮時她醒過來，憶起附近有座大農莊，她年輕時曾經來過。她說那棟房子前面是條橡樹大道，前廊立著六根白柱，屋外兩旁都有木格涼亭；妳和追求者在花園散步後可以坐下來歇歇。她記得很清楚要從哪條路轉進去。她知道貝利絕不會答應花時間去看什麼老房子，可是她越講，就越想去看看那雙生涼亭還在不在。「那幢房子裡有個暗格，」她故意說，知道自己在說謊但多希望是真的，「聽說內戰時，那家人在薛曼將軍攻進來時把所有白銀都藏在裡面，可是沒有人找到過……」

「好耶！我們去看看，我們一定找得出來！我們把所有木頭都戳開看，把東西找出來。誰住在那兒?從哪裡轉進去?爸，我們能不能在那兒轉個彎?」約翰・衛斯理說。

「我們從來沒看過有暗格的房子耶!」六月星也叫起來。「我們去看嘛，爸，好不好嘛?去看看有暗格的房子。」

「離這兒不遠，我知道。只要二十分鐘就到了。」老太太說。

貝利直視正前方，下巴繃得像馬蹄鐵:「不行。」

兩個孩子開始大喊大鬧，吵著要去看有暗格的房子。約翰・衛斯理踢著前座椅背;六月星伏在媽媽肩上哭說他們連度假都沒得玩，連「他們」想做的事都不能做。嬰兒也開始哭叫。約翰・衛斯理猛踢椅背，連他父親的腎臟都感受到撞擊。

「好啦!」他大吼一聲，把車開到路旁停下。「你們都閉上嘴行不行?停一秒鐘行不行?如果不閉嘴，我們哪都不去。」

「去了對孩子很有教育意義的。」老太太囁嚅著說。

「好啦，不過給我聽清楚，只此一次，下不爲例。」貝利說。

「大概往回走一哩有條土路，就在那轉彎，剛才經過時我注意看了看。」老太太指示。

「一條土路。」貝利悶聲說。

他們掉頭往土路開，老太太又想起那幢房子的一些景象，前門有漂亮玻璃，大廳有燭燈。約翰・衛斯理說暗格很可能在壁爐裡。

「你們連房子都進不去，又不曉得誰住在裡面。」貝利說。

「你們都在前面跟他們說話，我跑到後面找扇窗子爬進去。」約翰・衛斯理提出點子。

「全給我待在車上。」孩子的媽說。

他們轉入土路，車子在粉紅塵土中疾駛。老太太想起以前沒有柏油路，三十哩路得走上一整天。這條土山路相當崎嶇，不時還有突然冒出的泥水灘和險彎。他們一會兒從山頭下望大片綠林，一會兒又下到紅土低地，蒙塵的樹木俯視著他們。

貝利說：「那地方最好馬上出現，不然我可要掉頭了。」

這條路看來有幾個月沒人來過了。

「不會太遠的。」老太太正說著，突然想到一件可怕的事，她尷尬得脹紅了臉，瞪大眼睛從座位上跳起來，弄翻了角落的手提袋。袋子底下蓋著籃子的報紙隨著一聲嘶叫掀了起來，皮蒂辛一下跳到貝利的肩頭。

孩子們滾到座位底下，孩子的媽抱著嬰兒摔出車外，老太太摔到前座，車子翻下路旁的山溝，滾了一團才右側朝上停住。貝利還留在駕駛座上，灰條紋、白寬臉、橘鼻頭的皮蒂辛毛蟲似地纏住他的頸子不放。

兩個孩子發覺自己手腳還能動之後，爬出車外大叫：「我們出車禍了！」老太太在儀表板下蜷成一團，希望自己受了傷，這樣貝利就不會把怒氣全發在她身上。車禍發生前，她驚恐地想起：她歷歷在目的那幢房子不在喬治亞州，而是田納西州。

貝利雙手扯下貓扔向窗外一棵松樹幹，然後下車找孩子的媽。她坐在紅土溝裡，手裡抱著哭叫的嬰兒，臉上劃出一道傷痕，肩頭骨折。「我們出車禍了！」兩個小孩欣喜若狂地喊著。

「可是沒人死掉。」老太太爬出車外時，六月星失望地說。老太太的帽子還在頭上，不過前帽緣破了一塊，翹得老高，紫羅蘭花掉到帽緣外頭。他們都坐在溝裡（孩子除外）好回過神來，三個人都在發抖。

「也許會有輛車經過。」孩子的媽啞聲說。

「我想我傷到了某個內臟。」老太太撫著腰說，但沒人應她。貝利牙齒打顫，臉色和身上印有亮藍色鸚鵡的黃運動衫一樣黃。老太太打定主意，絕不提房子其實在田納西州的事。

上面的路離他們十呎高，只能看到路另一邊的樹冠。溝壑後是大片樹林，高大、幽暗、深密。過了幾分鐘，一輛車從山頭遙遙駛來，車速很慢，彷彿車裡的人正在注視他們。老太太站起身，拚命揮手引他們注意。車子仍舊慢慢往前開，消失在彎道後又出現，速度甚至更慢。那是輛靈車似的破舊黑色大轎車，裡頭坐了三名男子。

車子駛到他們上方停住，前幾分鐘，駕駛人只是靜靜盯著他們，不發一語。然後他轉過頭對另外兩人低語幾句，接著他們下車。其中一個胖子穿紅色運動衫、黑長褲，衣服上印著一匹凸起的銀色種馬，他走到他們右上方站定往下看，半張嘴咧著某種輕慢的笑；另一個穿藍紋外套和卡其長褲，灰帽壓得很低，遮住大半張臉，也慢慢來到他們左上方。兩人都沒說話。

開車的人走下車，站在車旁俯視他們，他的年紀比那兩人大，頭髮稍許灰白，戴銀絲框眼鏡，有點學者味；長臉上皺紋滿布，沒穿襯衫或內衣，只穿了一條過緊的藍色牛仔褲，拿著一頂黑帽和一把手槍。另外兩人也帶著槍。

「我們發生車禍了！」孩子叫道。

老太太有種奇怪的感覺：她認得那戴眼鏡的人，他好面熟，彷彿她認識了他一輩子卻想不起是誰。他離開車子走下斜坡，腳步小心以免滑倒。他穿褐白相間的鞋子但沒穿襪，腳踝又紅又細。「午安，看來你們出了點小意外。」

「我們翻了兩滾。」老太太說。

「是一滾。」他糾正她。「我們看到了，希萊，試試他們的車，看還能不能開。」他低聲對戴灰帽的傢伙說。

「你爲什麼帶槍？你想用槍做什麼？」約翰．衛斯理問他。

「女士，」那人對孩子的媽說：「請妳叫孩子坐到妳身邊好嗎？孩子總讓我神經緊張，我要你們都坐到妳現在坐的地方。」

「我們要聽你的？」六月星問。

他們身後的成排樹林如同張開的血盆大口。「過來。」孩子的媽說。

「聽著，」貝利突然開口，「我們遇上了麻煩，我們……」

老太太突然驚叫一聲，她掙扎著起身，眼睛瞪得老大：「你就是那個『人渣』！我一眼就認出你了。」

「是的，女士。」那人淡淡微笑，像是雖被認出但還滿高興的，「不過，如果妳沒認出我，對你們大家都比較好。」

貝利猛地轉頭對他母親說了幾句，連小孩都聽得嚇壞了。老太太哭起來，人渣的臉紅了起來。

「女士，別難過。男人有時候有口無心。我想他不是存心要那樣跟妳說話。」他說。

「你不會開槍打死一個淑女吧？」老太太說著，一面從袖口拉出一條乾淨手帕開始擦眼睛。

人渣用鞋尖在地面戳了個小洞，又把它填平，說道：「我非常不願做這種事。」

「聽我說，」老太太幾乎叫喊著，「我知道你是好人，你一點也不像普通人，我知道你一定是好家庭出身的。」

「是的，女士，世上最好的家庭。」他笑時露出一排堅固的白牙。「上帝從未造過比我母親更好的女人，我父親的心地純粹如金。」穿紅衫的傢伙走到他們後面站著，槍掛在臀際。人渣蹲下來。「鮑比李，看住這些小孩。你曉得他們會讓我緊張。」他看看面前縮成一堆的六個人，彷彿因爲找不到話說而尷尬。「一片雲都沒有。」他看著天說：「看不到太陽也沒有雲。」

「是啊，天氣很好。」老太太回應他，「聽我說，你不該叫自己『人渣』，因爲我知道你本性善良，我看得出來。」

「安靜！」貝利大叫。「安靜！大家都閉嘴，讓我來處理。」他蹲得像個準備起跑的選手，卻沒動靜。

「謝謝妳，女士。」人渣說著，用槍柄在地上畫了個小圓圈。

「這車要修好得花半小時。」希萊說完，從掀開的引擎蓋旁望過來。

「好吧，你和鮑比李先把他和那小男孩帶去。」人渣指著貝利和約翰．衛斯理說：「他們倆想問你些事。」他對貝利說：「你能不能和他們到林子裡走一趟？」

「聽著，」貝利開口說：「我們遇上了大麻煩，沒人知道怎麼回事。」他嗓子啞裂，眼睛和運動衫上的鸚鵡一樣藍，一樣緊張，但他一動也不動。

老太太抬手整整帽沿，似乎準備和貝利一塊去，帽沿掉在手中，她站在那兒呆呆看著，一鬆手帽子就落到地上。希萊像扶老人起身似地拉起胳膊把貝利架起來，約翰．衛斯理抓著父親的手，鮑比李跟在後面。他們走到樹林邊時，貝利轉身扶著一株光禿禿的灰松樹幹大喊：「媽！我一會兒就回來，等我！」

「現在就回來！」他母親高喊，可是他們全消失在樹林中。

「貝利，我的孩子！」老太太悲悽地喊，卻發覺自己正看著蹲在面前的人渣。「我知道你是好人，」她急切地說：「你與眾不同。」

「不，我不是好人。」人渣頓了一下才回答，似乎在仔細斟酌她的話，「不過我也不是世上最壞的人，我爸說我和我的兄弟姊妹不一樣，我是另一個品種的狗。老爸說：『你知道，有些人安安分分過一輩子，什麼都不多問。有些人就非要搞清楚生命是怎麼回事，這孩子就是後面那種，他什麼都要插一腳。』」他戴上黑帽，突然抬起頭看，接著目光轉向樹林，似乎有點尷尬。「對不起，各位女士請原諒我沒穿上衣。」他說著微微欠身。「我們把逃出來時穿的衣服埋了，沒找到更好的衣服前只能湊合。我們身上的衣物是向路上遇到的人借的。」他解釋道。

「沒關係，也許貝利的箱子裡有多帶件襯衫。」老太太說。

「我會找找看。」人渣說。

「他們把他帶到哪去了？」孩子的媽尖聲喊道。

「我爸也是號人物，沒人鬥得過他，不過他從沒跟當局有什麼過節，他懂得怎麼應付他們。」人渣說。

「只要你願意，你也可以老實過日子。想想看安定下來過舒服日子多好，不必總是擔心後有追兵。」老太太說。

人渣不斷用槍柄在地上亂畫，好像在思考這件事。「是啊，女士，後面總有人在追。」他喃喃說道。

老太太注意到他帽子底下的肩胛骨有多單薄，因為她站著俯視他。她問：「你祈禱過嗎？」

他搖搖頭，她只看到黑色的帽在他的肩胛骨間擺動。「沒有。」他答道。

樹林那邊傳來一聲槍響，緊接著再一聲，然後一片寂靜。老太太猛然轉過頭，她能聽見拂過樹梢的風聲，像是有人滿足地吸了口長氣。「我的貝利！」她喊道。

「我當過一陣子福音歌手。我幾乎什麼都幹過，當過兵，陸上、海上都跑過，結了兩次婚，給人送過葬，待過鐵路公司，種過田，遇過龍捲風，看過一個人被活活燒死。」人渣抬眼看看孩子的媽和小女孩，她們緊挨著坐，臉色發白，眼神呆滯。「我甚至看過一個女人被鞭打。」

「禱告，禱告，」老太太開始說：「禱告，禱告……」

「自有印象以來我從來就不是個壞孩子，」人渣的聲音近乎夢囈，「可是後來我做了錯事，被關進牢裡，在那裡活生生地被埋葬。」他抬起頭，以堅定的凝視吸住她的目光。

「那時候你就該開始禱告。你第一次是爲了什麼被關？」她說。

「往右看，是一面牆。」人渣仰視清朗無雲的天空，「往左看，還是一面牆。向上看，是天花板，向下看，是地板。我忘記我做了什麼，女士，我一直坐在那兒，絞盡腦汁想，我到底幹了什麼，可到現在還想不起來，有時候我覺得快想到了，結果還是沒有。」

「也許他們關錯人了。」老太太含糊應道。

「沒有，沒錯，他們有文件證明。」他說

「你一定是偷了什麼東西。」她說。

人渣冷笑一聲。「沒人有我要的東西。牢裡的精神科醫生說我殺了我爹，不過我知道他說謊，我爹一九一九年死於大流感，跟我一點關係都沒有，他葬在好望山浸信會墓園，不信妳可以自己去看。」

「如果你肯禱告，耶穌會幫助你。」老太太說。

「沒錯。」人渣說。

「那麼你爲什麼不禱告？」她突然帶著欣喜顫抖地問。

「我不要幫忙，我自己就應付得挺好。」他說。

鮑比李和希萊從樹林踱步回來，鮑比李手上拽著一件印有藍鸚鵡的黃衫。

「鮑比李，襯衫丟給我。」人渣說。襯衫飛過來落在他肩上，他穿了上去。老太太說不出那件襯衫讓她想到什麼。「不，女士。」人渣邊扣釦子邊說：「我發現犯罪沒什麼大不了，你可以這樣幹或那樣幹，殺個人或拿走他的汽車輪胎；遲早你會忘了自己做過什麼，反正受罰就是了。」

孩子的媽開始大聲喘氣，好像吸不到空氣。「女士，能不能請妳和那個小女孩起身，跟著鮑比李和希萊去會會妳丈夫？」

「好的，謝謝你。」這位母親虛弱地說，她左手無力下垂，另一隻手抱著睡著的嬰孩。「希萊，扶那位女士起來。」人渣在她掙扎著爬出溝時說：「還有，鮑比李，你去牽那小女孩。」

「我不要跟他牽手，他讓我想到豬。」六月星說。

胖子紅著臉笑了笑，拽起她的手臂跟在希萊和她母親後面，把她拖進樹林。

單獨面對人渣，老太太發現自己發不出聲音了。天上一片雲都沒有，也看不到太陽。她周圍只有樹林，她想告訴他一定要祈禱，可是幾次張嘴都說不出話，最後她發覺自己呢喃著：「耶穌，耶穌……」意思是耶穌會幫助你，可是她說的方式卻像是受到詛咒。

「是啊，女士。」人渣彷彿同意她的說法。「耶穌把什麼都搞亂了。我的情形跟祂差不多，只是祂沒犯罪，別人卻有文件證明我犯了一條罪。當然，他們從不讓我看文件。所以我現在每幹一件就簽上自己的大名。我老早說過，該給自己搞個簽名，做一件事就簽個名，自己留份存檔。這樣一來就知道自己做了哪些事，看看犯的罪和受的罰是不是相當。最後你就有東西能證明別人對你不公平，我叫自己人渣，正是因爲覺得我犯的錯和受的罰不相當，不被當人，被當成渣。」

樹林裡傳來淒厲的尖叫，緊接著是一聲槍響。「女士，你覺得一個人受盡懲罰，而另一個人半點沒受，這樣公平嗎？」

「耶穌基督！」老太太哭叫，「你是個好人。我知道你不會殺女士，我知道你是好家庭出身。拜託，耶穌基督！你不該殺女士，我身上所有的錢都給你。」

「女士，」人渣的視線越過她，凝望遠處的樹林：「從來沒有一具屍體能付小費給送葬人。」

又是兩聲槍響，老太太像要水喝的乾癟老火雞般抬頭喊道，「貝利我兒！貝利我的兒啊！」彷彿她的心都碎了。

「只有耶穌曾讓死人復活。」人渣接著說：「但祂不該那麼做，祂把什麼都搞亂了。

如果祂能說到做到，那妳什麼都不用做，只管丟下一切跟祂走，但如果祂無法兌現承諾，那妳只有盡量享受剩下的幾分鐘——殺個人或燒他的房子或用其他法子陰他。不爲取樂，只求惡毒。」他幾乎是用吼的。

「也許祂沒讓死人復活，」老太太喃喃地說，不知道自己在講什麼。她覺得頭好昏，陡然坐到溝底，雙腳盤在身子底下。

「我不在現場，我不能說祂沒讓死人復活。我希望我能在那裡。」人渣說著以拳捶地。「我應該要在的，如果我在的話就明白了。聽著，女士，」他尖聲說：「如果我在的話就能明白，我就不會變成今天這個樣子。」他的聲音幾乎轉爲哽咽。老太太的神智清醒了一下，看著眼前一張扭曲的臉就快哭了出來。她喃喃說：「你也是我的寶貝，你也是我的孩子！」她伸手放在他肩上。人渣彷彿被蛇咬了一口，猛然後退，隨即朝她胸膛開了三槍。然後他把槍放在地上，摘下眼鏡擦拭起來。

希萊和鮑比李由林中回來，到溝邊看了看半躺半坐在血泊中的老太太，她的腿像孩子般盤起，一臉微笑向著清朗無雲的天空。

摘下眼鏡，人渣眼眶泛紅的雙眼顯得暗淡無助。「把她帶去跟其他人丟在一塊。」他說著抱起在腿邊磨蹭的貓。

「她的話可眞多，是不是？」鮑比李說完，嘴裡哼起小調滑下溝去。

「她可以當個好女人的，如果能有人每分鐘給她一槍的話。」人渣說。

「眞好玩。」鮑比李說。

「閉嘴！鮑比李，人生沒有眞正的樂趣。」人渣說。

河

小孩無精打采地站在陰暗客廳中央，他父親忙著把他塞進格紋外套裡，也顧不得他右手還卡在袖子裡就扣上釦子，然後把他推向半開門外伸進來的一隻蒼白有斑的手。

「他沒穿好。」玄關裡有個聲音大聲說。

「那就幫他弄啊！」孩子的父親抱怨，「現在可是清晨六點哪。」他只穿浴袍還光著腳。他帶孩子到門邊想關上門，發現她已鬼魅似地靠近房間，像一具布滿斑點的骷髏戴著毛氈頭盔，穿著豆青色長大衣。

「還有他和我的車錢，我們必須搭車，要兩趟的錢。」她說。

他回臥室拿錢，出來時她和男孩都站在房間中央，她正在檢查他身上。「跟你一起坐，我可受不了菸屁股味。」她連人帶外套地將他搖了搖穿好。

「這是零錢。」孩子的父親說，並走到門邊把門開大等著。

她數完錢，往外套內裡的某個地方塞，又走過去看掛在留聲機邊上的一幅水彩畫。「我知道時間。」她貼近盯著橫入強烈色彩碎塊的黑線條，「因爲我也得注意一下，我的班晚上十點開始，到早上五點，搭蔓藤街的車得花一小時。」

「這樣，我知道了。我們晚上等他回來，大概八、九點？」

「也許再晚點，我們要去河邊參加一個靈療會，這位特別的牧師不常到這附近。我才不花錢買那玩意。」她朝那幅畫點點頭，「我自己畫就有了。」

「好啦，康寧太太，到時候見。」他咚咚敲著門板。

一個平板的聲音從臥室喊道：「拿冰袋給我。」

「眞遺憾他媽媽病了，她生什麼病？」康寧太太說。

「我們不知道。」他低聲說。

「我們會要牧師爲她祈禱，他治癒過很多人，比佛·薩默斯牧師。也許她該找個時間去見他。」

「也許吧，晚上見。」然後他就走進臥室，讓他們自己出門。

小男孩靜靜盯著她，眼睛骨碌碌地轉，流著鼻水。他大概四、五歲，一張長臉，鼓著下巴，兩隻半睜的眼睛離得老開。他像隻等著被放出去的老綿羊般沉默而有耐心。

「你會喜歡這個牧師的，比佛・薩默斯牧師，你該聽聽他唱歌。」她說。

臥室的門突然打開，孩子的父親探出頭說：「再見了，老小子，好好玩。」

「再見。」小男孩挨了一槍似地跳起來說。

康寧太太又瞄了水彩畫一眼，然後兩人走到玄關摁電梯。「我才不畫這種東西呢。」她說。

屋外兩側黑漆漆的空樓遮住了灰濛的晨空。「待會兒就會放晴，不過這是我們今年最後一次的河邊佈道。鼻子擦乾淨，小寶貝。」

他正要拿袖子抹鼻子，她拉住他的手，「不行，你的手帕呢？」

他伸手到口袋裡假裝翻找，她等著。「有些人就是不注意孩子出門時是什麼樣子。」她對著咖啡店櫥窗上自己的倒影嘟噥，「要你準備。」她從口袋掏出一條紅藍花手帕，蹲下去幫他擦鼻子。「擤一下。」她說，他照做。「可以借你用，放口袋裡。」

他摺好手帕，小心放進口袋。他們走到街角，靠在一家關著的藥房外等車。康寧太太翻起衣領，剛好碰到後方帽緣。她眼皮漸垂，一副要靠在牆上睡著的樣子，小男孩壓了壓她的手。

「你叫什麼名字？」她睏倦的聲音問。「我只知道你的姓，我該問清楚你名字的。」

他的名字是哈利・艾許菲德；在此刻之前他從沒想過要改名。他說：「比佛。」

康寧太太自牆面直起身子。「這麼巧，我向你提過的牧師就是這名字！」

「比佛。」他再說一次。

她站在那俯視著他，彷彿他成了一道奇景。「我今天一定得帶你去見他。他不是普通的牧師，他是位靈療師。雖然他幫不上康寧先生的忙，康寧先生不信這套，不過他說他願意試一次。他有胃絞痛的毛病。」

空蕩蕩的街道盡頭出現了一個小黃點，電車來了。

「他現在在州立醫院，他們切掉他三分之一個胃，我跟他說，他應該爲保住的部分感謝耶穌，他說他誰都不謝。反正我替他說了。」她喃喃地說：「比佛。」

他們走到車道邊等。「他會治好我嗎？」比佛問。

「你怎麼了？」

「我餓了。」他最後決定這樣說。

「你沒吃早餐嗎？」

「我根本來不及餓。」

「好吧，到家我們都吃點東西，我也餓了。」

他們上了車，找了司機後面幾排的座位坐下，康寧太太把比佛抱在膝上。「你乖點，讓我睡一下，坐好別滑下去。」他看著她頭往後仰，眼皮逐漸下垂，嘴巴張開，露出稀疏的幾顆長牙，有些是金的，有些比她的臉還黑。她開始打呼，像一具音樂骷髏，車上只有司機和他們倆。他看她睡著了，就拿出那條花手帕，攤開來仔細看，然後再摺好，拉開外套內襯的一條拉鍊，把它藏進去。過了一會兒他也睡著了。

她家離公車終站半哩遠，從路旁再往裡面一點，是間鐵皮屋頂的黃褐色薄磚房，前面有門廊。門廊上站了三個高矮不同的男孩，一樣的雀斑臉；還有一個高個兒女孩，一頭的錫箔髮捲像鐵皮屋頂一樣醒目。幾個男孩跟著他們進屋，圍攏在比佛四周。他們沉默地看著他，毫無笑容。

「這是比佛。」康寧太太脫掉大衣。「眞巧，他和牧師同名呢。這是傑西、史比威、辛克萊，門廊上的是莎拉·梅瑞德。比佛，把外套脫了，掛到床柱上。」

三個男孩看著他解開釦子脫下外套，再看著他把外套掛上床柱，最後站在那盯著外套。突然，他們一起轉身到門外，在陽台上商量起來。

比佛環顧四周，這房間半是廚房半是臥室，整幢房子包括兩個房間和兩個門廊。他腳邊有隻淺毛狗在地板上搔背，尾巴在兩塊地板間搖上搖下，比佛一腳踩下去，不過這隻經驗老道的獵犬先一步抽身了。

牆上掛滿相片和月曆，有兩張圓形的相片，上面是位老先生和位老太太垮著嘴；另一張上面的男人，眉毛從兩叢亂髮下衝出，在鼻樑上方糾成一團，臉的其他部分則光禿得像能往下跳的懸崖。「那是康寧先生。」康寧太太暫時擻下爐上的東西，過來跟他一起端詳，「不過他現在沒這麼好看了。」比佛的目光轉到床頭一張白衣男人的彩色圖片，一頭長髮，頭上有一輪金光，旁邊圍著一群孩子看他鋸木板。他正想開口問那是誰，三個男孩進來做了個手勢，要他隨他們去。他想過爬到床底下抱住一根床腳，可是三個雀斑男孩杵在那靜靜地等；過了一會兒他跟在他們後頭走出前廊，轉過屋角，他們穿過枯黃雜草走向豬圈，五呎見方，裡頭關滿小豬。他們想把他哄進去，他們走到欄邊，轉身斜靠在欄板上靜靜等著。

他慢吞吞地走過去，兩隻腳故意磕磕絆絆，裝出走路有困難的樣子。他曾經在公園裡被一群陌生男孩揍過，因爲他的保母把他忘在那了，不過那次他直到被揍完才搞清楚發生什麼事。他開始聞到一股奇怪的垃圾味，並聽到野獸的聲音，他在欄前幾呎停下腳步，臉色發白但不肯認輸。

三個男孩一動不動，他們身上似乎發生了什麼事。他們的目光越過他的頭瞪向他身後，彷彿有東西從後面逼近，但他不敢轉頭看。他們的雀斑泛白，玻璃般泛灰的眼睛發直，只有耳朵輕微抽搐。什麼動靜也沒有。終於中間的男孩開口：「她會殺了我們的。」然後轉身，沮喪又不情願地跨上欄杆朝裡看。

比佛往地上一坐，因爲鬆了口氣而有點暈眩，他咧開嘴對他們笑。

坐在欄杆上的男孩狠狠瞅著他。「噯，你，」他頓了一下，「要是你爬不上來看這些豬，你可以拿掉底下的木板看。」他一副好心的樣子。

比佛沒見過眞正的豬，不過在書上看過圖片，知道牠們是胖胖的粉紅色小動物，尾巴捲捲的，有圓圓的笑臉和蝴蝶結。他傾身急切地抽開欄板。

「用力點拉。」最小的男孩說：「它爛了，很好拉，把釘子拔出來就行了。」

他從鬆軟的木頭中拔出一根長長的鏽釘子。

「現在可以抽掉板子，把臉往前靠……」有個聲音輕聲說。

他一靠過去，一張溼酸的灰臉就擠上來，從板子底下往外鑽，將他整個人撞倒，有個東西對著他噴氣，然後再次攻擊，從後面把他往前滾地輾過他，然後尖叫著奔過黃草地，在他身後暴衝。

三個康寧家的男孩待在原地觀看，坐在圍欄上那個用懸空的一腳把鬆開的板子勾回來。他們仍舊一臉嚴肅，但臉上的線條不再那麼緊繃，彷彿一部分急切的需要已經滿足。

「媽不會高興他把豬放出來的。」最小的男孩說。

康寧太太在後門廊上，她在比佛跑到台階時一把抓住他。豬跑到房子底下，停下在那兒喘氣，但孩子足足尖叫了五分鐘。待她最後終於使他安靜下來，拿出早餐並讓他坐在她大腿上吃。小豬爬了兩步跑上後門廊，站在紗門外悶悶地往裡瞧。牠的腿很長，駝著背，有隻耳朵被咬掉了一部分。

「走開！」康寧太太大喊。「牠很像加油站的天堂先生，你今天可以在靈療會上見到他，他得了耳癌，每次都跑來讓別人看他沒給治好。」

小豬斜著眼又瞄了一會兒才慢吞吞踱開。「我不想見他。」比佛說。

他們走路去河邊，康寧太太和他走前頭，三個男孩一列在中間，高個兒女孩莎拉．梅瑞德殿後，一看到哪個男孩跑到公路上就喊一聲。他們像一具兩頭尖尖的老船龍骨在公路旁緩緩航行。週日的驕陽尾隨在後，又迅速爬過一團灰雲，似乎想趕過他們。比佛走在道路外緣，拉著康寧太太的手，邊走邊低頭看水泥地外的橘紫色水溝。

他覺得這次他們很幸運能找到康寧太太這種保母，可以帶你去些地方，而不是只坐在家裡或到公園去。你要離開住處才能學到東西，他今天早上已經知道他是一個叫耶穌基督的木匠製造出來的，以前他一直以爲是個蓄黃髭、幫他打針的史萊德沃醫生，他老把他誤認成賀伯特。但那一定是開玩笑，他住的地方人們成天說笑。如果是以前，他會認爲耶穌基督只是像「喔」、「該死」或「老天」之類的感嘆字眼，或者是騙人的傢伙。當他問康寧太太床頭那張圖片上的白衣人是誰，她張大嘴瞪了他好一會兒，然後說「那是耶穌」，說完還一直看著他。

幾分鐘以後她站起來，到另一個房間拿了本書來，「看這裡，」她翻開封面，「這是我曾祖母的，我無論如何都不會與它分開。」她的手指撫過斑剝書頁上的褐色字跡。「愛瑪．史蒂文斯．奧克利，西元一八三二年。」她說：「很棒吧？這裡面的字字句句都是眞理。」她翻到下一頁唸出書名：「耶穌基督的生平——適合十二歲以下讀者閱讀」。接著她開始唸給他聽。

這是一本薄薄的書，淡褐色書皮鑲著金邊，有股舊油灰味。裡面都是圖片，其中一張是那個木匠從一個人身上趕走一群豬，是眞正的豬，灰撲撲的而且愁容滿面。康寧太太說耶穌把這個人身上的豬都趕走了。她唸完後讓他坐在地板上翻圖片看。

就在他們要去靈療會前，他背著她把書藏在外套襯裡內。書的重量讓他的外套有一邊往下垂。一路上，他的心緒飄忽而平靜。當他們離開公路，轉入一條蜿蜒在忍冬木間的紅土小徑，他開始大步跳躍，將她的手往前拉，似乎想掙脫出去抓住在前方滾動的太陽。

走了一段泥路後，他們穿過綴著紫色雜草的草地，進入樹林的暗影。地上密密鋪著一地松針，他從未來過樹林，所以走得小心翼翼，不時左右張望，像是進入陌生的國度。他們沿著彎曲的騎馬小徑往下走，噼啪地擦過紅葉，有一度他抓住一根樹枝以免滑倒，瞥見了漆黑樹洞中兩隻冰冷而金藍的眼睛。山腳下，一片牧草地突然在樹林外展開，草地上點綴著一隻隻黑白相間的乳牛，草地層層向下斜鋪，盡頭是寬廣的橘紅溪流，太陽在流水中映耀如鑽石。

一群人站在河岸旁唱歌，他們身後擺了些長桌，幾輛汽車和卡車停在河邊道路上。康寧太太舉起手放在眼睛上方，望見牧師已經站進水中，於是他們急急穿過草地。她把籃子丟在一張桌上，推著三個男孩往人群中走，不讓他們在食物附近逗留，她手裡牽著比佛慢慢移到前排。

牧師站在約十呎外的水中，水深及膝。他是個身材高大的年輕人，穿著卡其褲，褲腳捲到高於水面，藍襯衫頸間繫了條紅領巾，沒戴帽子，淡色頭髮順著凹下的雙頰修成短腮鬍。河面的紅光映上他瘦削的臉，他看來只有十九歲，唱著歌，帶鼻音的聲調高過岸上的歌聲，雙手背在身後，頭向後仰。

以一個高音結束讚美詩後，他靜靜注視河水並移動腳步，然後抬頭看岸上的人群。人們緊靠在一起等待，肅穆的臉上流露期盼，每個人的目光都投向他。他的雙腳又挪動一下。

「也許我知道你們為何而來。」他語帶鼻音，「也許我不知道。」

「如果你不為耶穌而來，你就不是為我而來，如果你只是來看看能否將痛苦留在河裡，你就不是為耶穌而來，你無法將痛苦留在河裡，我從未對任何人說可以把痛苦留在水裡。」他停下看著自己的膝蓋。

「我看過你治好一個女人。」人群嘈雜聲中有人高喊，「看到那個女人跛著腳進來，正常地走出去！」

牧師抬起一腳，又換抬另一隻，表情似笑非笑。「如果你存這種心來，現在就可以回家了。」

接著他舉起手臂抬頭大喊，「你們各位聽我說，世上只有一條河，就是流著耶穌聖血的生命之河，那是你能留下痛苦的河，它是信心之河，生命之河，愛之河，耶穌聖血的紅河，諸位。」

他的聲音變得柔和而悠揚：「所有的河流來自這條河也流回這條河，它就像大海。只要你信，你就能將痛苦留在河裡得到解脫，這條河能帶走罪惡。這是條充滿苦痛的河，苦痛，流向基督的國度，緩緩地洗刷掉，各位，緩慢如我腳邊這條老紅河。」

「聽著，」他唱頌道，「我在馬可福音中讀到一個不潔之人的故事，我在路加福音中讀到一個瞎子的故事，我在約翰福音中讀到一個死人的故事。你們這些人聽好，是匯成這條紅色河流的血使痲瘋病人潔淨，使瞎子睜眼，使死人躍起。你們這些受苦的人，」他高喊，「將苦痛放入這條血河，放入這條痛苦之河，然後看著它流往基督的國度。」

他講道時，比佛的目光懶洋洋地追著天上兩隻靜靜盤旋的鳥。河對岸有一叢金紅交雜的矮黃樟木，再後面是長著深藍樹木的丘陵，還有幾棵松樹突出在地平線上。後方遠處，城市像一團樹疣似地遠遠矗立在山邊。兩隻鳥迴旋而下，輕輕停在最高松樹的樹頂，聳肩而坐，彷佛正扛著蒼空。

牧師說：「如果你想將痛苦放在這條生命之河裡，就上前來。將你的憂傷留下，但別以爲這是最後一次，因爲老紅河不盡於此。這條痛苦的老紅河往前流，緩緩流向基督的國度。這條老紅河是受洗的好地方，能託付信心，能放下痛苦，不過救你的不是泥水。這星期我一直在這條河附近打轉，星期二在命運湖，星期三在理想鎮，星期五我和太太開車去盧拉維洛鎮看一位病患，那裡的人沒見到他被治癒。」他的臉紅了一下。「我從沒說過他們能夠見到。」

他說話時，一個身影蝴蝶般翩翩上前——一位老婦人拍動手臂，搖晃著頭，似乎隨時可能跌倒。她來到岸邊將身子放低，手臂在水中攪動，然後彎腰把臉浸入水中，最後直起溼漉漉的身子，晃著手臂又胡亂轉了一、兩圈，直到有人趨前將她拉回人群。

「她這個樣子已經十三年了。」一個粗嘎的聲音說：「把帽子傳出去，給這孩子一點錢，他來這就是爲了錢。」這些針對河中青年的話來自一位高大的老人，他像塊突起的大石頭，坐在灰色加長老爺車的保險桿上。老人戴頂灰帽，一邊蓋住耳朵，另一邊露出右耳和太陽穴上方暴凸的紫色血管。他傾身坐著，兩手垂在膝間，一雙小眼半閉著。

比佛瞪了他一眼，就縮進康寧太太的大衣裡躲起來。

河中青年很快瞥了老人一眼，舉起拳頭。「信耶穌，不然就信魔鬼！」他大喊，「爲耶穌作見證，不然就是爲魔鬼作見證！」

「我親身體驗過。」人群中傳出一個女人的神祕聲音，「我知道這牧師能治病，他使我睜開雙眼，我爲耶穌作見證！」

牧師很快舉起雙手，開始重複先前說過關於河和基督國度的話。老人坐在保險桿上，換上斜睨的神情，比佛則不時從康寧太太站的地方瞪他。

一個穿工作服和棕色外套的男人傾身，很快把手浸到水中，甩一甩再退回去；一個女人抱著孩子到岸邊拍水到孩子腳上；一個男人走到遠一點的岸邊坐下，脫了鞋，涉水走入河中，他站在那裡將頭盡量往後仰，過了幾分鐘才回岸上穿鞋。這時牧師只一逕地唱歌，似乎沒注意周遭一切。

他的歌聲一停，康寧太太就舉起比佛說：「牧師，我從城裡帶來一個由我看顧的孩子，他母親病了，想要你爲她禱告。而且好巧，他也叫比佛。比佛，」她轉身看向身後的人群，「和他一樣，不是很巧嗎？」

人群中一陣低語。比佛別過頭越過她的肩朝著注視他的臉孔咧嘴笑笑，「比佛。」他得意地高聲說。

「聽我說，」康寧太太說：「你受洗過嗎，比佛？」

他仍是咧嘴笑著。

「我猜他沒受過洗。」康寧太太揚眉看著牧師說。

「把他拋過來。」牧師說著跨前一步接住他。

他彎著臂膀抱著他，盯著那張笑臉。比佛滑稽地轉轉眼珠，臉湊近牧師的臉。「我的名字叫比——佛佛佛佛佛——」他壓低聲音，舌尖刷過唇緣大聲說道。

牧師沒笑，他緊繃著瘦削的臉，眯起的雙眼映出幾近透明的天空。坐在保險桿上的老人大笑一聲，比佛扯緊牧師的後衣領，臉上的笑容消失了。他突然感覺這不是玩笑，在他住的地方，每件事都是玩笑。從牧師臉上，他看出他所說或做的都不是開玩笑，「這名字是我媽給我取的。」他很快地說。

「你受過洗嗎？」牧師問。

「那是什麼？」他低聲說。

「如果我爲你施洗，你就能到基督的國度去。你會在痛苦之河中被洗淨，孩子，你會經由深深的生命之河前去。你願意嗎？」

「願意。」孩子答道，心想那我就不回公寓了，我要到河底下去。

「你會和以前不一樣，你有份了。」牧師說。然後他開始向人群講道，比佛的目光越過他的肩膀，凝視白熾日光在河中的細碎倒影。忽然牧師說：「好了，我要開始施洗。」

他毫無預警地雙手緊扣，將比佛倒過來一頭浸入水中，口中唸著洗禮的禱詞，再猛地拉起，嚴厲地看著孩子大口喘氣。比佛的深色雙眼睜得老大。牧師說：「現在你有份了，你以前根本沒有。」

小男孩嚇到哭不出來，他吐出嘴裡的泥水，用溼衣袖擦擦眼睛和臉頰。

「別忘了他媽媽，」康寧太太叫道，「他要你為他媽媽禱告，她病了。」

「天主，我們為不在這兒的受苦者禱告。你母親躺在醫院裡嗎？」牧師問比佛，「她痛苦嗎？」

孩子呆呆看著他，「她還沒起床，」他茫然地高聲說：「她宿醉。」空氣靜得可以聽到陽光碎片擊向水面的聲音。

牧師看來生氣又震驚，臉色唰地一白，天空似乎在他眼中暗了下來。岸上傳來一聲爆笑，天堂先生叫道：「哈哈，為宿醉而痛苦的女人治病。」他邊說邊用拳頭捶膝。

「他今天很累，」康寧太太說，她和比佛站在門口，她銳利地看著屋內進行中的晚宴。「我想現在已經超過他該上床的時間了。」比佛一眼閉著，另一眼半閉，流著鼻水，張嘴呼吸，溼透的格紋外套披在一側身上。

那個想必是「她」了。康寧太太認定，是那個穿著黑絲長褲、涼鞋，腳指甲塗紅，蹺著腿，頭靠著臂，半躺在沙發上的女人。她沒起身。

「嗨，哈利，今天玩得開心嗎？」她蒼白的長臉光滑而無生氣，甘藷色的直髮梳向腦後。

孩子的父親進房拿錢，廳裡還有兩對客人。其中一個金髮小藍眼的男人從椅子上探身：「哈利老傢伙，今天玩得開心嗎？」

「他不叫哈利，叫比佛。」康寧太太說。

「他叫哈利。」「她」倚在沙發上說：「誰聽過有人叫比佛的？」

小男孩本來站著快睡著了，頭愈垂愈低，突然猛抬起頭，睜開一隻眼，另一隻還黏著。

「他今天早上跟我說他叫比佛，」康寧太太吃驚地說：「和我們牧師的名字一樣，我們今天一整天都在河邊參加佈道和靈療會。他說他叫比佛，和牧師同名，他是這麼說的。」

「比佛？」他的母親說：「老天，這種名字。」

「這位牧師名叫比佛，是附近最好的牧師。」康寧太太憤憤地說：「而且他今天早上幫他施洗了。」

他母親一下子坐直身子，「好大的膽子！」她低聲說。

「還有，」康寧太太又說：「他會治病，他還祈禱讓妳康復。」

「康復？」她幾乎叫出聲，「老天，康復什麼？」

「妳的病啊。」康寧太太冷冷地說。

孩子的父親拿了錢回到廳裡，站在康寧太太身邊準備付她錢，他的眼裡滿布血絲。「說下去，說下去，我想多知道一點她的病情，實際的病情已不復……」他揮揮手上的鈔票，聲音愈拉愈長，「禱告治療或許最便宜。」他喃喃地說。

康寧太太像透視一切的骷髏，再度瞥了室內一眼，然後錢也不拿，轉身關門就走。孩子的父親旋過身，臉上要笑不笑地聳聳肩。其他人看著哈利，小男孩開始蹣跚地走向臥室。

「哈利，過來。」他母親喊住他，他機械般改變方向走過去，眼皮抬都不抬。「告訴我今天發生了什麼事。」他走到跟前時她說，並開始脫他的外套。

「我不知道。」他喃喃地說。

「你知道的。」她說話時發覺外套有一邊比較重，她拉開襯裡的拉鍊，剛好接住掉出來的書和髒手帕，「這些東西是哪來的？」

「我不知道。」他說著伸手想要回來，「是我的，她給我的。」

她把手帕丟在地上，高舉著書讓他搆不到地開始翻著，沒過幾秒她臉上便浮起誇張的滑稽表情，其他人圍過來從她肩後看。「老天。」有個人說。

其中一個男人透過厚厚的鏡片盯著：「這本書很珍貴呢，收藏家會想要這東西。」他一把奪過書，退回另一張椅子上。

「別讓喬治拿去。」他的女伴說。

「我就知道它很有價值，一八三二年的。」喬治說。

比佛轉身走回平時睡覺的房間。他把身後的門關上，在黑暗中慢慢摸到床邊坐下，脫了鞋，躺進被窩。過了一會兒，他母親的高大身形出現在開門射進的一道光中。她躡著腳進來，挨著床沿坐在他身旁。「那個蠢牧師說了我什麼？」她輕聲問：「你今天撒了什麼謊，寶貝？」

他閉上眼睛，覺得她的聲音好遙遠，好像他在河底下而她在河面上。她搖搖他的肩膀，彎身附在他耳邊說：「哈利，告訴我他說了什麼。」她拉他坐起，他覺得好像從河底被拉上來，「告訴我。」她輕聲說，嘴裡的難聞酒氣吹在他臉上。

他看到那張蒼白的圓臉在黑暗中貼近。「他說我現在和以前不一樣了。」他喃喃說：「我有份了。」

過了一會兒，她拉著他的襯衫讓他倒回枕頭上，又坐了一會兒，嘴唇拂過他前額後起身，唇部在光影中微扭著走出去。

他起得不早，不過起來時公寓裡依舊昏暗，門窗緊閉。他躺了一會兒，揉揉眼睛、挖挖鼻孔，再坐起來看著窗外。陽光蒼白地照進來，透過玻璃染成灰色。對街是帝國旅館，一個有色人種清潔婦把頭靠著交疊的手臂，正從上面一扇窗子往下看。他下了床，穿上鞋，先去浴室，再走到前廳，吃了咖啡桌上找到的兩塊塗鯷魚醬的餅乾，又喝了瓶子裡剩下的薑汁汽水。然後，他四下找他的書，可是書不在那裡。

公寓裡靜悄悄的，只有冰箱微弱的嗡嗡聲。他在廚房裡找到一些葡萄乾吐司皮，塗上半瓶花生醬做成三明治，爬上高腳凳坐著一口口慢慢嚼，鼻子不時往肩膀上擦。吃完後他又找到一些巧克力牛奶灌下去。他想喝薑汁汽水，可是他們把開瓶器擺在他搆不著的地方。他研究了一會兒冰箱裡剩下的東西：一些她放到忘了的枯乾蔬菜、一堆她買來卻沒榨汁的發褐柳丁，還有三、四種乳酪、一包裝在紙袋裡有腥味的東西，再來就是一根豬骨頭。他冰箱門開著，就晃蕩到幽暗的客廳裡坐在沙發上。

他猜他們會昏睡到一點鐘，接著到外面餐廳吃午飯。他不夠高，所以侍者會搬來一張高腳椅，可是他已經坐不下了。他坐在沙發中央，後腳跟不斷踢著沙發，然後起來在屋裡遊蕩，看看菸灰缸裡的菸頭似乎已成習慣。他房裡有圖畫書和積木，不過多半都撕壞了，他發現要得到新玩具的方法就是弄壞舊玩具。任何時候，這裡似乎除了吃他都無事可做，但他不胖就是了。

他決定倒空一些菸灰缸，把菸灰撒在地板上，如果只倒幾個，她會以為是掉下來的。他掏空了兩個，用手指小心把灰抹進地毯裡。然後他躺在地板上，研究舉在半空中的腳，腳上的鞋還溼溼的，他想起了那條河。

慢慢地，他的表情開始變化，彷彿以前一直不清楚自己在追尋的東西居然逐漸浮現。突然間他知道自己想做什麼了。

他爬起來，躡腳走進他們的臥房，站在微光中找她的錢包。他的目光順著她從床沿垂下的蒼白手臂看到地板上，掃過他父親弄出的一堆紙頭和雜亂的桌子，然後停在掛在椅背的錢包。他拿出一個坐車用的銅板和半包水果糖，離開了公寓，在轉角剛好搭上車。他沒帶提箱，因為這裡沒有任何他想帶走的東西。

他在終站下車，順著昨天和康寧太太走過的路往前走。他知道她家現在不會有人，因為三個男孩和那女孩都上學去了，康寧太太說過她要去幫人打掃。他穿過她的院子，走上他們前往河邊的那條路。薄磚房彼此離得很遠，一會兒土路就到了盡頭，他開始沿著公路走，淡黃色的太陽又高又熱。

他經過一間門口有橘色打氣筒的木板屋，可是沒注意到老人正從門廊往外望。天堂先生正在喝柳橙汁，他慢吞吞地喝完，斜眼從瓶口望著穿格紋外套的瘦小身影消失在路那頭。他把空瓶放在長椅上，嘴在袖子上抹了抹，仍舊斜睨著眼。他進屋從糖架上拿了一呎長兩吋厚的薄荷棒棒糖，插在後褲袋裡，然後坐上他的車，沿公路緩慢地跟在男孩後面。

比佛走到紫野草雜生的草地時，已經滿身塵沙和汗水。他盡可能快步穿過草地進入樹林，在樹間找尋昨天走過的路，終於在松針中他找到一條踩得光禿禿的小徑，順著走到下坡的林間陡路。

天堂先生把車留在路邊，走到幾乎每天慣坐的地方，他總是將無餌的釣線垂入水中，瞪著流過眼前的河水。任何人從遠處看，都會以爲他是塊半埋在樹叢間的大圓石。

比佛根本沒看到天堂先生，只注意到金光閃閃的粼粼河水。他穿著衣服和鞋子就跳了進去，灌進一些水，也吐出一些，然後站在及胸的河水中環顧四周。除了太陽弄出的洞，天空是一整片清朗的淡藍，下緣綴著樹梢。他的外套飄在水面上，像一片奇怪的鮮豔蓮葉。他站在陽光下咧嘴笑，決定自己爲自己施洗，不要什麼牧師了，而且這回要一直待到找到河裡的基督王國爲止。他不想多浪費時間，便一口氣把頭埋進水中往下潛。

不一會兒，他的頭露出水面，大口喘氣吐水，然後再下去，結果還是一樣，河不願接納他。他再試，這次嗆著浮上來，牧師把他的頭浸入水裡時就是這樣，他必須對抗某股將他的臉推回來的力量。他停下來，突然想到：這又是一次玩笑，又是玩笑！他想到自己大老遠跑來卻毫無意義，他開始對著骯髒的河水又踢又打，他的腳踩空，發出痛苦憤怒的低喊。然後他聽到了叫聲，轉頭看見一頭大豬似的東西從後面追來，手裡揮著一根紅白色的棒子大聲叫嚷。他再次埋進水中，而這一次，等待的水流像隻溫柔的長手攫住了他，很快地拉他下去。剎那間他驚喜不已，接著，既然正快速移動，也明瞭自己要到某個地方，他所有的怒氣和恐懼都消失了。

天堂先生的頭不時出現在河面上，最後，在遠方的下游，老人如遠古水怪般猛然站起，雙手空空，睜大茫然的雙眼極力望往河流遠方。

救人，救己

史弗列先生首度來到她們這條路上時，老婦人和她女兒正在門口坐著。老婦人挪到椅邊，傾身用手擋住刺眼的陽光。坐在她跟前的女兒沒法看遠，只繼續玩著手指頭。這片荒地只有她跟女兒兩個人住，而且她從未見過史弗列先生。然而，即便隔這麼遠她也看得出來，他是不值得擔心的流浪漢。他左邊袖子捲起，顯示袖內只有半截手臂，瘦削的身體微傾向一邊，彷彿微風輕推著他。他穿了套黑西裝，頭上的褐色氈帽前後緣都往上翹，手裡提了個錫皮工具箱，臉朝著頂在小山尖的太陽緩步邁向她這條路。

老婦人直到他快跨進她院子裡才變換姿勢，她站了起來，一拳握緊放在臀邊。她女兒，身材高大，穿著藍色棉織短洋裝，突然看到他，跳了起來比手畫腳，嘴裡發出含糊的興奮叫聲。

史弗列先生一進院子就停住，將工具箱放到地上，向著女孩抬手碰碰帽沿，好像她一點毛病也沒有。然後他才轉向老婦人，脫了帽子一路揮著走來。他光滑的黑長髮中分垂至兩側耳根，前額占據大半張臉孔，五官還算均勻地分布在剛硬突出的下巴上方，年紀似乎不大，可是臉上有著看盡世事的愜意。

「晚安。」老婦人說。她和杉木欄柵差不多高，頭上低戴著一頂男用灰帽。

流浪漢靜靜站在那兒注視她，沒有回應。他轉身面向落日，慢慢舉起長短不一的雙臂劃出天空的廣闊，身體形成扭曲的十字架。老婦人兩手抱胸盯著他，彷彿她是太陽的主人。她女兒也在看，頭斜向一邊，兩隻無力的肥厚手掌垂掛在手腕上，她有一頭淡金色長髮，眼睛如孔雀頸般亮藍。

他這樣站了五十秒左右，然後提起箱子走向門廊，放在最下層台階上。「女士，」他的聲音帶著強烈的鼻音，「只要能住在每晚看得到這種落日的地方，我願意傾盡所有。」

「這裡每晚都看得到。」老婦人說著，坐回長椅上。她女兒也坐回去，臉上帶著謹慎的竊喜盯著他看，彷彿他是隻靠得很近的鳥。他斜向一側，手伸進褲袋拿出一包口香糖，遞上一片給她，她接過去，打開放進嘴裡嚼起來，眼睛始終沒離開他。他遞一片給老婦人，她只努努上唇，表示自己沒牙了。

史弗列先生蒼白銳利的目光環掃院子，近屋角處有部抽水機，三、四隻雞準備棲息在無花果樹下，他看見停在車庫裡的汽車，方形車身都生鏽了。「兩位女士開車嗎？」他問。

「那輛車十五年沒開了，從我先生死的那天起它就壞了。」

「現在一切都不比從前了，女士，世界快爛得差不多了。」

「是呀，你是本地人？」

「我叫湯姆．史弗列。」他看著車輪喃喃地說。

「幸會，我叫露西妮爾．奎特，我女兒和我同名。你到這裡來幹什麼，史弗列先生？」

他判斷車子是一九二八或二九年出廠的福特。「女士，」他轉過頭專注地看著她說：「告訴你一件事，有個亞特蘭大的醫生用刀切下了人的心，人的心。」他身體向前傾，重複最後那三個字，「從一個人的胸腔掏出來，放在手上。」他伸出手，手掌朝上，彷彿正托著一顆心臟，「像隻剛出生的小雞一樣研究它。可是，女士，」他故意停了好一會兒，頭往前靠，黏土色的眼睛一亮，「他所知道的不比妳我多。」

「沒錯。」老婦人說。

「爲什麼，他就是拿刀把心的每個角落都切開看，也不會比我們知道得多，妳要不要打賭？」

「不要。」老婦人聰明地答道，「你是哪裡人，史弗列先生？」

他沒回答，只從口袋裡拿出一袋菸草和一捲菸紙，熟練地單手捲了根菸送到唇上。然後掏出一盒火柴，拿出一根在鞋上一劃，拿在手上彷彿要研究火焰的神祕。火苗向皮膚逼近，老婦人的女兒尖叫地指著他的手，對他搖晃自己的手指，快燒到時，他低下頭用手掌護著火，像要燒自己鼻子似地點燃捲菸。

他扔掉熄滅的火柴，把一縷灰煙吹入黃昏的天空，臉上露出狡猾的神色。「女士，現在的人什麼事都做得出來，我可以說我叫湯姆．史弗列，從田納西州焦水鎮來。可是你從沒見過我，怎知我不是在說謊？你怎麼知道我不是叫亞隆．史巴克斯，家在喬治亞州獨莓鎮？或是阿拉巴馬州露西市的喬治．史比茲？或密西西比州土拉佛斯鎮的湯普森．布萊特？」

「我對你根本一無所知。」老婦人不高興地嘟噥。

「女士，人們才不在乎撒什麼謊，也許我只能告訴你，我是個男人。不過，」他停了一下，語氣變得更像預告惡兆，「一個男人又能意味什麼？」

老婦人嚼起一顆種子。「你箱子裡帶了什麼，史弗列先生？」

「工具。」他說著往回靠，「我是個木匠。」

「唔，如果你來這兒工作，我可以供你吃住，不過沒錢付你薪水，我先講清楚。」

他沒立刻回答，臉上也沒特別的表情，他往後向支撐門廊頂的窄板一靠。「女士，」他慢吞吞地說：「對有些人來說，有些事情比錢重要。」老婦人晃著身子，不予置評，她女兒盯著他頸間上下滑動的東西。他接著告訴老婦人，大多數人只對錢感興趣，可他要問，人活著到底所爲何來？他問她，人是爲錢而活，還是別有目的，他問她，她爲何而活。她不回答，只坐在搖椅上搖來搖去，心裡想著一個獨臂人能否幫她把花房的屋頂翻新。他問了一堆問題，她都沒有回答。他說他二十八歲，曾經歷各種日子：他當過唱詩班團員、鐵路工頭、葬儀社助手，也在廣播界待了三個月，跟「洛伊叔叔」和他的「紅溪牧童」合唱團共事。他說他曾爲祖國作戰流血，也到過許多異域。他到處都遇過對任何事毫不在乎的人，然而，他說他不是這種人。

一輪黃色滿月出現在無花果樹的枝椏間，似乎想跟那些雞一起歇息。他說一個人必須逃到鄉間才能把世界看個完整。他希望能住在這種孤絕之地，每晚看著太陽像奉上帝之命落下。

「你結婚了沒有？」老婦人問。

他沉默了好一會兒，最後開口問，「女士，現在你到哪兒去找個純眞的女人？我才不要那種隨地可撿的爛貨。」

她女兒正彎下身，頭幾乎垂到雙膝間。她從下垂的髮絲縫隙望著他。突然她滾倒在地板上，抽抽噎噎哭了起來。史弗列先生扶她坐回椅子上。

「她是你最小的女兒嗎？」他問。

「我唯一的女兒。她是世上最可愛的女孩，沒有任何東西能讓我割捨她。她也滿伶俐的，會掃地、燒飯、洗衣、餵雞、還會除草，一袋珠寶也換不到她。」

「沒錯。」他友善地說：「千萬別讓任何男人從妳身旁把她帶走。」

「不管誰要她，那人都得留在這裡。」老婦人說。

史弗列先生的雙眼在黑暗中盯住遠處汽車保險桿上某個發亮點。「女士，」他猛然舉起短臂，像是要用它指向她的房子、院子和抽水機，「這個農莊裡沒有我不會修的東西，一隻手也一樣，我可是個男人。」他的神情凝重莊嚴，「雖然不是個完整的男人。」他用指關節敲敲地板，強調接著要說的話：「但是我有道德智慧。」一道光從門縫中射出，照亮他藏在黑暗中的臉孔。他怔怔望著她，像是自己都被這不可能的眞相嚇呆了。

老婦人對這幾個字沒什麼反應：「我說過，你可以待在這工作換飯吃，希望你不在乎睡在那輛車裡。」

「我跟妳說，女士，」他高興地咧嘴笑，「以前僧侶都睡在自己的棺木裡呢。」

「他們沒我們進步。」老婦人說。

第二天早上，他開始翻修花房的屋頂。老婦人的女兒露西妮爾坐在一塊石頭上看他。不到一個星期，他便將整個地方改頭換面，他修好前後門階，蓋了新豬圈，補好一道籬笆，還教會全聾且生平沒說過半個字的露西妮爾說「鳥」。臉蛋通紅的壯女孩不管他到哪裡都跟在後頭，嘴裡唸著「鳥——哦，哦——鳥，」還拍著手，老婦人遠遠看著他們，心裡暗自高興，她渴望能有個女婿。

史弗列先生睡在窄硬的汽車後座，兩腳伸出窗外。他把一個條板箱當床頭桌，放著刮鬍刀和一罐水，一面鏡子靠在後車窗玻璃上，外套小心地用衣架掛在車窗外。

到了晚上，他坐在門階上聊天，老婦人和露西妮爾在兩側的搖椅上搖晃得厲害。周圍的三座山在黑藍色天空下顯得一片漆黑，在閃爍星光和離開雞群的月光中忽隱忽現。史弗列先生說，他整頓這個農莊是出於個人興趣。他說，他甚至想把汽車修好。

他已經打開車蓋，研究過裡面的構造，他說他看得出這輛車是在眞正懂車的年代打造的。他說，現在不一樣了，某個人裝一顆螺絲，另一個人裝另一顆螺絲，第三個人裝第三顆螺絲，所以你得花那麼多錢買一輛車，爲的是付錢給那一大堆人。現在如果你只想付一人份工資，買到比較便宜的車子，你得找到一個眞心對車感興趣的人，弄出來的車性能也比較好。老婦人同意他的看法。

史弗列先生說，這個世界就糟在沒人付出關懷或停下來費點心思，他說，若不是他關心並且夠有耐心，他也沒法教露西妮爾講出一個字。

「教她講些別的吧。」老婦人說。

「妳下一個想要她學什麼？」史弗列先生說。

老婦人咧著無牙的嘴，別有含意地笑了笑：「教她講『親愛的』。」

史弗列先生明白她的心思了。

第二天他開始動手修車。那天傍晚，他說如果她願意買個風扇皮帶，他就能讓車子發動。

老婦人說她願意出錢，「你看到那邊的女孩嗎？」她指向坐在不遠地板上看著他的露西妮爾，即便在黑夜裡，她的眼睛仍是藍色。「如果有個男人想帶她走，我會說，『世上沒有任何男人能把我可愛的女孩從身邊帶走。』不過如果他說：『女士，我不帶她走，我要她就待在這兒。』我會說：『先生，我一點也不怪你，換了我，我也不願錯過與世上最可愛的女孩在一個地方安定下來的機會，你一點也不笨。』我會這麼說。」

「她多大？」史弗列先生隨口問道。

「十五、十六，」老婦人說。女孩快三十了，不過她的天真模樣讓人猜不準年紀。

「最好也能漆一漆，妳不想它鏽掉吧。」史弗列先生說。

「我們改天再商量。」老婦人說。

第二天他步行到鎮上買回要用的零件和一罐汽油。傍晚時分，車棚傳來嚇人的噪音，老婦人從屋裡衝出來，以爲露西妮爾在哪發病了。露西妮爾坐在一個雞籠上跺腳，嘴裡尖叫著：「鳥——哦，哦——鳥，」可是她的叫嚷被車聲淹沒了。一陣嗶叭聲中，車子有力而莊嚴地駛出車棚，史弗列先生挺在駕駛座上，一臉嚴肅的謙恭表情，彷彿他剛使死人復生。

這天晚上，老婦人坐在門口的椅子上搖晃，開始她的計畫，「你想找個純眞的女人，對不對？」她好心地問：「你不要那種爛貨。」

「沒錯。」史弗列先生說。

「一個不說話，」她接著說：「不跟你頂嘴或說髒話的，那才適合你，就在這兒。」她指向雙手握著腳，盤腿坐在椅上的露西妮爾。

「是啊，」他承認，「她不會給我帶來任何麻煩。」

「星期六，你跟她，還有我，可以開車進城辦結婚。」老婦人說。

史弗列先生在台階上換了換姿勢。

「我現在不能結婚，你想做的每件事都要錢，我一毛錢也沒有。」

「你什麼地方要用錢？」

「結婚，現在很多人什麼事都隨隨便便，我不行，我得讓我要娶的女人風風光光，我要讓她住旅館，給她享受。我不會娶溫莎女公爵，」他堅定地說：「除非我能帶她住旅館、吃好東西。我就是這種人，沒辦法，自小我母親是這樣教我。」

「露西妮爾連旅館是什麼都不知道。」老婦人嘟噥著，「史弗列先生，」她的身子在椅子上挨向前，「你會有幢能住一輩子的房子，一口深井，和一個世上最純真的女孩，你根本不用花錢。我告訴你一件事：世上沒有一個地方容得下無親無故的殘廢流浪漢。」

這些醜惡的字眼如一群禿鷹棲落樹梢般嵌入史弗列先生心裡。他沒有馬上回答，他捲了根菸，點起來，然後平靜地說：「女士，男人分成兩個部分，肉體和心靈。」

老婦人咬緊牙根。

「肉體和心靈，」他又重複一遍，「女士，肉體，就像一幢房子，哪兒也去不了；可是心靈，卻像一輛汽車，一直在跑，一直……」

「史弗列先生，」她打斷他，「我的井從不乾涸，我的房子冬天總是暖和，這地方沒有一樣東西被抵押出去，你可以自己到法院查，那邊車棚裡還有輛好車，」她小心地擺下誘餌，「你可以星期六前把它漆好，我來付油漆錢。」

黑暗中，史弗列先生的笑容如一條被火弄醒的倦蛇綻開，他立刻定下神說：「我只是說，心靈對一個人來說比什麼都重要，我要在完全不擔心費用的情況下帶我太太去度週末，至於要去哪，我得聽從我的心。」

「我給你十五塊錢去度週末，」老婦人斬釘截鐵地說：「我只能給這麼多。」

「這些付汽油錢和旅館錢都不夠，也不夠她吃飯。」

「十七塊半，那是我所有的錢，你再榨也沒了，你們可以帶午餐出門。」

史弗列先生被「榨」這個字深深刺痛，他知道她的床墊裡一定還縫了更多錢。可是他已經告訴她，自己對她的錢不感興趣。「我想夠了。」他說著起身走開，不再理她。

星期六那天，他們三人開著油漆將乾的車進城，史弗列先生和露西妮爾在老婦人的見證下，在公證法官的辦公室結了婚。步出法院時，史弗列先生的脖子開始在衣領內扭動，一臉慍鬱苦澀，像是被人架著侮辱了一番。「我一點都不滿意，這不過是那辦公室的女人填了些文件，驗了血，他們對我的血知道多少？就算把我的心切開，他們對我還是一無所知。我一點都不滿意。」

「法律滿意了。」老婦人尖刻地說。

「法律，」史弗列先生往地上吐了口痰，「讓我不滿的就是法律。」

他把車漆成深綠色，車窗下漆了條黃線。三人爬進前座，老婦人說：「露西妮爾今天不是很漂亮嗎？像個洋娃娃一樣。」露西妮爾穿的是她母親從箱底翻出的一件白色洋裝，頭上戴頂巴拿馬帽，帽緣綴了些木製紅莓，臉上的平靜表情不時轉成一種獨享的小竊喜，像沙漠中的一株綠苗。「你中了獎啦。」老婦人說。

史弗列先生正眼都沒瞧她一下。

他們開車回家，老婦人下車。他們取了午餐準備動身，她站著看向車窗內，手指緊攀著玻璃，淚水從眼角順著滿布塵土的皺紋流下臉頰：「我從來不曾和她分開超過兩天。」

史弗列先生發動引擎。

「除了你，我不會讓任何男人帶走她，因為我知道你是個正人君子。再見，甜心。」她扯著白洋裝的袖子說。露西妮爾直視前方，似乎根本沒注意到她。史弗列先生開動車子，老婦人不得不鬆手。

午後的天空一片淡藍，一切顯得清朗寬闊。車子時速不超過三十哩，史弗列先生卻想像它衝上衝下或急轉彎，好將早上的苦澀忘得一乾二淨。他一直都想有輛車，但一直買不起，他開得極快，因為他打算在天黑前趕到莫比爾港。

偶爾，他暫停思緒，看看坐在旁邊的露西妮爾。他們才開出庭院她就把午餐吃掉了，現在正忙著把帽子上的紅莓一顆顆扯下來往窗外丟，他的心情突然又變壞了。他開了約末一百哩，認為她八成又餓了，就在下一個小鎮停下，找到一家叫「熱點」的油漆錫皮屋小吃店，替她叫了一盤火腿佐燕麥糊。長途車程令她十分睏倦，一坐上高腳椅就趴在櫃台上閉起眼睛。店裡只有史弗列先生和櫃台後肩上披條油膩抹布的蒼白男孩。食物還沒端來，她便已響起輕微的鼾聲。

「等她醒了再端來，我先付帳。」史弗列先生說。

男孩彎下腰，盯著她淡金色的長髮和半閉的睡眼，然後抬頭看史弗列先生。「她的樣子就像上帝派來的天使。」他喃喃低語。

「搭便車的，」史弗列先生解釋道：「我不能等她，我得趕去杜斯卡露沙鎮。」

男孩又彎下腰，小心用手指觸了觸一撮金髮。史弗列先生走了出去。

他獨自開著車，心情變得前所未有地沮喪。傍晚天氣轉為悶熱，平野向前伸展，天空深處漸漸現出暴風雨的徵兆，不過沒打雷，似乎會是那種吸乾地面空氣中每滴水分才猛降的暴雨。有那麼些時候，史弗列先生不喜歡獨處，他也覺得一個開車的人對別人有責任，所以他開始留意路上有沒有需要搭便車的人。偶爾他看到一塊標誌上面警告道：「小心駕駛，你也許能救自己一命」。

沿著窄路下去是一片乾草原，棚屋和加油站此起彼落出現在空地上。太陽在車子前方開始西下，隔著擋風玻璃看宛如一顆上下稍扁的紅球。他看見一個穿工作服戴灰帽的男孩站在路邊。他慢下車停在他身旁，男孩並沒豎起拇指表示要搭便車，只是站在那兒，不過他帶了一個紙板小提箱，且從他戴帽子的模樣看，他離開了某個地方，並不打算再回去。「孩子，我猜你想搭便車。」史弗列先生說。

男孩不置可否，但打開車門坐了進去，史弗列先生繼續上路。男孩把提箱抱在腿上，兩手疊放箱上，頭別向窗外，史弗列先生覺得很沒趣。「孩子，」他過了一會說：「我有個世上最好的老媽，所以我想你媽只能排第二囉。」

男孩很快瞄了他一眼，臉又轉回窗外。

「沒有任何人比小男孩的母親更棒。」史弗列繼續說：「她把他抱在膝上教他作第一次禱告；別人都不愛他時，她愛他；她告訴他什麼是對，什麼是錯，要他走正路。孩子，我這輩子最難過的日子就是離開我媽那天。」

男孩在座位上動了動，沒看他，抬起一手放在門把上。

「我媽是個天使，」史弗列先生啞聲說：「上帝把她從天上帶給我，我卻丟下了她。」他的眼眶蒙上一層淚水，車子幾乎停了下來。

男孩生氣地轉過身。「你去死！」他大喊：「我老媽是個邋遢鬼，你媽是個臭瘦貓。」他說完就推開門帶著提箱跳入路邊的溝壑。

史弗列先生震驚得忘了關上車門，就這樣慢慢又開了一百碼。一朵與男孩帽子同色，形如蕪菁的雲塊遮住了太陽，另一朵更醜的雲伏在車後，史弗列先生覺得自己就快被這世界的腐爛吞噬。他舉起手臂，又讓它頹然落回胸前。「主啊！」他禱告，「衝出來，沖掉地球上的污泥吧。」

蕪菁狀的雲朵緩緩低垂，過了幾分鐘，後方響起轟隆雷聲，錫罐蓋大的驚人雨滴打在史弗列先生的車尾。他迅速踩下油門，把斷臂伸出窗外，追著奔騰的大雨衝入莫比爾港。

幸運天降

露比踏入公寓前門，將裝著四罐三號豆的紙袋往門廊桌上一放，她累得沒法鬆開抱紙袋的手臂或直起腰，整個人癱掛在那兒，頭像一大顆鮮紅的蔬菜穩在紙袋頂端。她面無表情地盯著桌子上方灰暗黃斑鏡中的臉，右頰上黏著一片回家途中沾上的帶土甘藍葉，她狠狠揮掉，挺起身子嘟噥：「甘藍菜，甘藍菜。」語氣透著惱怒，站直身子。她個子矮小，體型像只骨灰甕，深紫紅的頭髮捲成香腸狀，天熱加上大老遠從雜貨店走回來，有些鬈髮橫七豎八的。「甘藍菜！」她狠狠吐出這幾個字，彷彿它們是有毒的種籽。

比爾·希爾和她有五年沒吃甘藍菜了，她可沒打算再開始吃這種東西。她是爲了魯弗斯買的，不過就這麼一次。本以爲魯弗斯在軍隊裡待了兩年後，吃東西會有點品味，結果沒有，問他想吃點什麼特別的，他連一道文明菜也想不出來，居然想吃甘藍菜。她期望魯弗斯成為有點個性的人，哼，結果他的那點個性比拖把還少。

魯弗斯是她最小的弟弟，剛從二戰的歐洲戰場回來。他來跟她住，因為他們以前長大的地方匹特曼已經不復存在，所有居民死的死，走的走，都搬進城裡了。她嫁了來自佛羅里達州的商人比爾．希爾（他專售「神奇產品」）後，就搬到城裡去住。如果匹特曼還在，魯弗斯就會到那兒去；如果匹特曼的街上還有隻雞走動，魯弗斯就會在那兒陪牠。她不想這樣說自己的親人，尤其是自己的親弟弟，可看看他，眞是一無是處。「我只花五分鐘就看出來了。」她曾這麼對比爾．希爾說，而比爾面無表情地回敬一句：「我只花了三分鐘。」讓這種丈夫知道你有這種弟弟眞教人傷心。

她想大概沒指望了，魯弗斯就和家裡其他孩子一樣。只有她，跟誰都不同，她有想法。她從皮包裡拿出一截鉛筆，在紙袋一邊寫上「比爾，你把這拿上樓」，然後走到樓梯底，打起精神，準備爬上四樓。

樓梯是房子中央的黑色窄道，鋪著鼴鼠色地毯，彷彿是從地板上長出來的。在她眼中，這樓梯像尖塔的階梯，層層陡直而上。她一站到梯口，眼前的階梯就變得更陡更高聳。她向上一看，嘴張得老大，頭再低下時已是滿臉厭惡。她沒法爬上任何東西，她有這毛病，露麗妲夫人告訴過她，不過她自己早就知道了。

露麗妲夫人是八十七號公路上為人看手相的占卜大師。她曾提到「長期的病恙」，臉上帶著一種「天機不可洩漏」的表情地又輕聲加一句：「它會給妳帶來從天而降的好運」。然後，她那肥碩的身子靠回椅子上咧著笑容，綠眼珠像上過潤滑油似地在眼眶裡打轉。露比能猜夠到好運指的是什麼——搬家。這兩個月來，她一直有預感他們會搬家。比爾·希爾不能再推託，他無法打消她想搬到小城的念頭（她抬頭瞪著階梯，身子靠著欄杆），她希望住家附近就有藥房、雜貨店、電影院。現在住在下城，她得走過八個街口才到主要的商店街，超級市場還要更遠。五年了，她沒抱怨過一句，可是現在她這麼年輕就病成這樣，他以為她還能怎麼做，自殺嗎？她在草嶺高地看中一幢房子，是雙併式平房，有黃色遮雨篷。她爬到第五級時停下來吁口氣；看她這麼年輕（才三十四歲），人家才不相信五級樓梯就讓她累了。最好爬慢點，寶貝，她對自己說，你還太年輕，不能就這樣垮了。

三十四不算老，一點都不老。她記得母親三十四歲時的樣子，像顆皺巴巴的枯黃蘋果，酸苦苦的。她總是一臉酸苦，彷彿對任何事都不滿意。她比較自己和母親三十四歲的模樣，母親那時頭髮已經灰白，她呢，頭髮即使沒去動它也不會是灰的。母親是被孩子累老的，八個孩子，其中兩個一出生就死了，一個不到一歲就夭折，另一個被除草機輾斃。每養一個孩子，母親就死去一點。這樣辛苦又爲了什麼？只因爲她不曉得有更好的生活方式，無知，無知到了極點。

她的兩個姊妹都嫁人四年了，且各有四個孩子。她不知道她們怎麼受得了，總是到醫生那兒被儀器戳來戳去。她記得母親生魯弗斯時候，所有孩子裡只有她覺得受不了。她頂著大太陽走十哩路到電影院，好擺脫那哭叫聲。她看了兩部西部片，一部恐怖片加上續集，再走回家，結果發現一切才剛開始，她還得聽一整晚哭叫聲。爲魯弗斯吃了那麼多苦，他現在卻連塊洗碗布都不如。她看到他出生前就在某個地方等著，等著把他只有三十四歲的母親變成老太婆。她抓緊杆欄，把自己往上推一階，搖搖頭。老天，她眞對他失望，她對所有朋友說魯弗斯要從歐洲戰場回來，現在他回來了，卻像隻沒出過圍欄的豬。

他的樣子也變老了，看來比她老，但其實他比她小十四歲。以她的年紀，她的外貌看來相當年輕；倒不是說三十四有多老，但她怎麼說都是結了婚的女人。她應該感到高興，想想自己比其他姊妹好多了，她們都只嫁在老家附近。「這喘死人了。」她喃喃說著又停下來，她覺得必須坐一下。

每一層有二十八級樓梯，二十八級！

她剛坐下又立刻跳起，屁股下有個東西，她屏住氣，把東西拉出來——是哈特利·吉菲茲的手槍，九吋長的該死錫塊。哈特利是住五樓的六歲男孩，如果他是她的孩子，她會把他修理得筋疲力竭，就不會把東西亂丟在公用樓梯上。她很可能就這樣跌下樓送命呢。不過，就算告訴他那愚蠢的母親也沒用；她只會對他尖叫，然後向大家說他有多聰明。

「幸運小財神」，她這樣叫他，「他可憐的爸爸唯一留下的。」他爸爸臨終時說：「我給妳的只有他了。」她回答：「羅德曼，你給了我富足的幸運。」所以她叫他幸運小財神。

「我會把他的幸運磨得光光的。」露比嘟噥。

樓梯上上下下像座蹺蹺板，而她在中間。她可不想嘔吐，別再來一次，現在不行，不，她不要。她閉上眼靠緊台階，直到暈眩感稍退，不再想吐了。她說，不，我不要看醫生。不，她不去。要她去，他們得先把她打昏抬去。這麼多年下來她一直把自己看顧得很好，沒生什麼病，沒掉牙齒，沒孩子，全靠自己照顧自己。若不是她小心，早已經有五個孩子了。

她不止一次想過這種喘不過氣的毛病可能是心臟病。有時她上樓不但喘不過氣，還會胸痛。她希望是心臟病，他們總不能拿掉一個人的心。他們得先敲昏她才能讓她上醫院，只有這方法。若是不送醫院她就會死？

不會的。

萬一會呢？

她不讓自己再胡思亂想，她才三十四歲，又沒有大毛病，身體壯碩，氣色很好。她再次拿自己和母親三十四歲時相比，她捏捏手臂，笑了起來。她父母都沒這麼壯，他們倆都乾巴巴的，匹特曼害的，他們和匹特曼一起油盡燈枯。她卻掙脫出來，看她活得多有生氣。她抓緊欄杆站起來，對自己笑笑。她熱情、豐腴而美麗，但不至於肥胖，因爲比爾・希爾喜歡她這個樣子。她最近胖了點，不過他沒注意，只是他不知怎地變得比較快樂。她感覺全身重量在樓梯上爬，爬完第一層，她滿意地回頭看。只要比爾・希爾摔下去一次，他們大概就會搬家。不過在那之前他們就會搬，露麗妲夫人已經預知了。她大笑穿過走廊，哲格先生的門突然吱嘎一聲，嚇了她一跳。老天，是他，住在二樓的怪人。

他盯著她走過來。「早啊。」他躬下探出門外的上半身，「妳早。」他看起來像頭公羊，眼睛只有葡萄乾大，鬍子細細長長，夾克不知是綠得發黑還是黑得發綠。

「早，你好嗎？」她說。

「好。」他尖聲說：「豈止是好。」他今年七十八歲，臉像長了黴似的。他早上看書，下午在人行道上晃來晃去，攔住一些小孩問問題，只要聽見走廊有人就開門探頭。

「是啊，天氣不錯。」她不感興趣地說。

「妳知不知道今天是誰的偉大誕辰？」他問。

「不知道。」露比說，他總問這種沒人會答的歷史問題，問了之後，自己再發表長篇大論。他以前在中學教書。

「猜一猜。」他催她。

「亞伯拉罕・林肯。」她沒好氣地說。

「哈，妳沒用心想，再試試。」
「喬治．華盛頓。」她一邊邁步上樓。
「丟臉！」他大叫，「妳丈夫還是從那兒來的呢。佛羅里達，佛羅里達！今天是佛羅里達的生日。」他大喊：「進來。」他對她彎彎指頭，隨即隱沒房中。
她往回走兩階說：「我該走了。」她把頭塞進他門內。他的房間約莫大型壁櫥大小，牆上貼滿本地建築的風景明信片，造成一種空間上的幻覺，一顆透明燈泡懸盪在哲格先生和一張小桌上方。
「看看這裡寫的，」他伏在一本書上，手指在幾行字底下滑過，「『一五一六年，四月三日復活節，他登上這塊大陸的尖梢』，妳知道『他』是誰嗎？」他質問道。
「知道啊，克里斯多福．哥倫布。」
「龐斯．德．里昂！」他喊道：「龐斯．德．里昂，你該知道一些佛羅里達的事，你丈夫的老家啊。」
「是啊，他生在邁阿密，他不是田納西人。」
「佛羅里達不是個高尚的州，但是個重要的州。」
「沒錯，是很重要。」
「妳知道龐斯．德．里昂是誰？」

「他是佛羅里達的創州人。」露比愉快地說。

「他是西班牙人，妳知道他在找什麼嗎？」

「佛羅里達。」

「龐斯．德．里昂在找青春之泉。」哲格先生說著閉上眼。

「哦。」露比低聲說。

「一種泉水，」哲格先生接著說：「誰喝了就能青春永駐，換句話說，他想永保年輕。」

「他找到了嗎？」露比問。

哲格先生眼睛閉著不說話，過了一會兒才說：「妳以爲呢？妳以爲呢？妳想如果他找到了，其他人會沒找到嗎？世界上還會有誰沒喝過？」

「我沒想過這些。」露比說。

「現在沒人動腦筋了。」哲格先生抱怨。

「我得走了。」

「不錯，它被找到了。」哲格先生說。

「在哪？」露比問。

「我喝掉了。」

「要到哪兒去找？」她問道。她倚近一點，被他噴了口氣，像鼻子在老鷹翅膀下被刮了一把。

「在我心裡。」他手按在心上說。

「噢，」露比又退回去，「我得走了，我弟弟大概回來了。」她跨過門檻。

「問問妳丈夫今天是誰的偉大誕辰。」哲格先生靦腆地看著她說。

「噯，我會的。」她轉過身，聽到門關上的聲音才回頭，確定門關上才吁了口氣，面對剩下的昏暗陡階。「萬能的主啊。」她感嘆一聲，你愈爬，它們就愈黑愈陡。

她爬五級就已經沒氣了，但又喘吁吁地再多爬幾級，然後停住，肚子痛了起來，彷彿裡面有塊東西在推擠另外某個東西。幾天前她曾這樣痛過，這是她最怕的痛法。她腦中曾浮現「癌」這個字，又立刻撇開這念頭，像這種可怕的事不會發生在她身上，不可能。現在隨著疼痛，那個字又重現心頭，不過她用露麗妲夫人的話將它砍成兩半。事情一定會有好結果，她砍了又砍，直到那個字只剩下模糊片段。她打算爬完這層樓停下來（老天，如果她走得到的話），找拉雯．華茲講講話。拉雯．華茲是三樓的住戶，足科醫生的秘書，也是她的好朋友。

她喘著大氣到了上面，覺得膝蓋充滿泡沫似地嘶嘶作響。她用哈特利．吉菲茲的槍柄敲拉雯的門，然後倚著門框休息。突然她四周的地板往兩邊陷了下去，牆也黑了，她覺得身體在空中急轉，她為即將昏倒而心驚。她看到門遠遠打開，拉雯站在門內，只有四吋高。

淺棕髮的高個兒女孩拍著腰側大笑，彷彿一開門就看到世上最滑稽的景象。「那把槍！」她叫道。「那把槍！那個樣子！」她踉蹌後退倒在沙發上，腳彈得比屁股還高，再「砰」一聲頹然落下。

地板現在升到露比看得到的地方，但還是有點低，她緊盯著它想踩下去，她瞄到房間那頭放了張椅子，於是一步挨著一步走過去。

「妳該去演西部片，妳眞絕。」拉雯・華茲說。

露比挨到椅邊慢慢坐下，嘎聲說：「閉嘴。」

拉雯坐向前，手指著她，又倒回沙發顫抖笑著。

「別笑了，別笑了，我不舒服。」露比喊道。

拉雯站起來，三、兩步跨過房間，彎身看看她的臉，一眼閉著，像從鑰匙孔斜睨她：「妳有點發紫。」

「我很不舒服。」露比生氣地瞪著她。

拉雯站著看了一會兒，兩手抱胸，挺出肚子開始前搖後擺。「那麼，妳幹嘛帶把槍來？妳在哪兒拿的？」

「我坐到它了。」露比嘟噥。

拉雯站在那兒挺著肚子晃呀晃，臉上慢慢浮現有所了悟的神情。露比癱在椅子上看著自己的兩隻腳，房間不再轉了，她坐起來瞪著腳踝，腳踝居然腫起來了。我可不要去看什麼醫生，她吃了一驚，我不去看，我不去，不去，她開始喃喃自語：「不去看醫生，不看……」

「妳以爲妳能拖多久？」拉雯低聲說完，吃吃笑了起來。

「我的腳踝是不是腫了？」露比問。

「我看跟平常一樣，」拉雯說著又倒回沙發上，「只是有點胖。」她抬起自己的腳踝擱在靠墊上稍稍轉了轉，「妳覺得這雙鞋怎麼樣？」她問，那是一雙草綠色鞋，跟又細又高。

「我認爲它們腫了，我爬完最後幾級樓梯時就有種可怕的感覺，全身像……」

「妳該去看看醫生。」

「我不需要看醫生，」露比嘟噥，「我能照顧自己，我一直都沒出什麼大問題。」

「魯弗斯在家嗎？」

「不知道，我這輩子沒找過醫生，我都……爲什麼？」

「什麼爲什麼？」

「為什麼問起魯弗斯？」

「魯弗斯很可愛，我想問他喜不喜歡我的鞋子。」

露比立刻一臉嚴肅地坐直身子，臉又粉又紫，「為什麼要問魯弗斯？」她咆哮道：「他只是個孩子。」拉雯今年三十歲。「他對女人的鞋子沒興趣。」

拉雯坐直身子，脫下一隻鞋往內瞄：「9B。我猜他一定喜歡這裡面的東西。」

「魯弗斯只是個孩子。他沒時間看妳的腳，他沒那種閒工夫。」

「噢，他的時間可多了。」拉雯說。

「是啊。」露比嘟噥。她又看到了，看到他出生前在不知什麼地方閒著，等著讓他的母親多死一點。

「我想妳的腳踝是腫了。」拉雯說。

「是啊，」露比扭著腳踝說：「是啊，它們有點緊，我爬上樓時覺得好可怕，好像根本喘不過氣，全身都緊緊的，好像……好可怕。」

「妳該去看醫生。」

「不。」

「妳去看過嗎？」

「我十歲的時候，他們抬我去過，可是我跑掉了，三個人都攔不住我。」

「那次是爲了什麼事？」

「妳幹嘛這樣看我？」露比嘟噥。

「哪樣？」

「這樣，像妳這樣挺著肚子搖來擺去。」

「我只是問妳那次爲了什麼事看醫生？」

「一個腫瘡，住同條街上一個黑女人告訴我該怎麼弄，我照做，結果它就消了。」她癱坐在椅子邊緣，眼睛盯向前方，似乎憶起一段愜意得多的時光。

拉雯開始滑稽地在房裡跳舞，她彎膝往一邊跳兩三步，再轉回來緩慢而痛苦地踢腿朝另一邊去，眼珠骨碌碌地滾動，用喉音大聲唱起：「把它們拼起來，就是**母親**！**母親**！」她還張開雙臂，彷彿置身舞台。

露比張大嘴說不出話，臉上嚴厲的表情消失了，她呆了半秒鐘，然後從椅子上跳起來。「不是我！」她大喊：「不是我！」

拉雯停下來，一臉狡黠地注視她。

「不是我！」露比大叫：「噢！不，不是我。比爾．希爾很小心的，他很小心的。他五年來都很小心的，這不會發生在我身上。」

「噯，老比爾．希爾四、五個月前稍一不注意，吶，我的好朋友，就這麼不注意……」拉雯說。

「我不認爲妳懂什麼，妳甚至沒結過婚，妳根本沒……」

「我打賭不是一個是兩個，妳最好去讓醫生看看到底有幾個。」拉雯說。

「不是！」露比大叫。她自以爲聰明，她才看不出一個女人是不是生病了。她只會看自己的腳，然後要魯弗斯看鞋子。魯弗斯還是個小孩，而她三十四歲了。「魯弗斯是個小孩。」她哭著說。

「那就有兩個孩子啦。」拉雯說。

「別再說了，」露比大叫：「妳馬上閉嘴，我才不會有孩子。」

「哈，哈。」拉雯說。

「我不知道妳怎麼會以爲自己懂很多，妳又沒結過婚。如果我像妳一樣單身，才不會到處管已婚的人的閒事。」

「不只是腳，妳全身都腫了。」拉雯說。

「我不要留在這兒受人侮辱。」露比身子挺直，小心走到門邊，忍住不瞄自己的肚子。

「我希望『你們』明天會好點。」拉雯說。

「我想我的心臟明天會舒服些。不過我希望我們很快就能搬走，有心臟毛病根本沒法爬樓梯，而且，」她瞪她一眼加上一句：「魯弗斯才不會在乎妳的大腳。」

「妳最好把槍收起來，免得射到人。」拉雯說。

露比用力關上門，很快低頭看看身子，她肚子是大了點，不過她向來如此，它與身體其他突起的地方沒什麼不同。人胖的時候中間這圈就會大點，比爾．希爾不在意她變胖，他只是最近比較快樂，不知道爲什麼。她看到比爾的長臉一眼笑意地向下瞅著她，像他以前開心時露齒對她笑的樣子。他不會不小心的。她的手拂過裙身，感覺裙子緊綳。難道她以前不覺得嗎？覺得啊，是裙子的關係，她穿的是平常很少穿的那件，她穿的是……但她穿的不是緊的，是鬆的那件。但也不是很鬆啦，這沒什麼，她只是胖了。

她用手指壓壓肚子，又很快拿開。她又開始往樓梯走，走得很慢，彷彿地板會在腳下移動，她開始爬，才上了一步，疼痛的感覺就回來了。「不，」她嗚咽著，「不，」感覺很微弱，像裡面有塊東西在翻滾，但已夠讓她喉頭一緊。她身體裡應該沒什麼東西會翻來翻去。「再一步，」她輕聲說：「再一步就好。」不可能是癌，露麗妲夫人說事情會有好結果的。她哭著說：「再一步就好。」她爬著上去卻感覺寸步未移。爬到第六級時，她猛地坐下，手順著欄杆無力地滑到地板。

「不——」她那圓圓的紅臉伸到最近的兩條欄杆間，朝梯井望下，發出長而空洞的哭號。哭聲迴盪在墨綠和鼴鼠色的梯井底，彷彿在回答她。她猛抽一口氣，閉上眼。不，不，不會是有了小孩，她不要讓什麼東西等著一點點殺死她，她不要。比爾・希爾不該出差錯，他說保證沒問題，而且一直以來也都有效，不可能有問題，不可能。她打了個冷顫，手緊緊掩著嘴，覺得自己的臉起皺了：兩個一落地就死了，一個第一年就死了，一個被輾成乾黃蘋果似的。不，她才三十四歲，她老了。露麗妲夫人說事情不會乾涸以終，露麗妲夫人說事情會是個天降的好運。搬家，她說結果會是一次幸運遷移。

她覺得自己平靜了點，過了一會兒，幾乎完全平靜下來。她覺得自己太容易生氣了，狗屁，全是胡猜。露麗妲夫人可從來沒錯過，她知道得比……

她跳起來，梯底「砰」的一聲，隆隆的腳步聲傳上樓來直震到她坐的地方。她從欄杆間望去，哈特利・吉菲茲帶了兩把槍蹬上樓來，一個聲音從她頭頂的樓層傳來：「哈特利，吵死人了，整棟樓被你給震的。」但他更大聲蹬了上來，轉上三樓，衝上走廊。她看到哲格先生的門猛地打開，他伸手抓住飛奔的襯衫一角，小男孩又揮又甩，嘴裡高喊：「放手，你這個老山羊老師。」他向她跑來，樓梯在她屁股下隆隆作響，一張花栗鼠臉衝到她身上，翻過她頭上，愈變愈小地旋入黑暗中。

她坐在階梯上，手緊抓著欄杆，直等到稍稍喘過氣來。樓梯不再晃動，她才睜開眼看向腳下的黑洞，看到她早先爬上的樓梯底。「好運。」她空洞的聲音在梯井的每一層響起，「嬰兒。」

「好運，嬰兒。」這四個字的回音睨視著她。

她又有那種感覺了：某種東西微微翻動，但似乎不是肚子，而是來自外面，不知來自何方，不知是什麼，正休息著，悠閒地等待。

聖靈之殿

一整個週末，兩個女孩彼此「殿一」「殿二」地叫來叫去，笑得花枝亂顫，臉又紅又熱，看起來眞醜，尤其是臉上有雀斑的瓊安。她們來時都穿著在聖史卡拉思提卡山修道院的褐色制服，不過行李箱一打開，她們就換上紅裙和花襯衣，塗上口紅，穿起上教堂才穿的高跟鞋在屋內走來走去。她們經過大廳的長鏡時一定放慢腳步瞧瞧自己的腿。她們的一舉一動都沒逃過孩子的眼睛。如果她們只有一個人來就會找她玩，可是現在來了兩個，她就被撇在一邊，只能滿腹猜疑地遠觀。

她們兩個十四歲，比她大兩歲，不過沒什麼頭腦，所以才被送到修道院。如果她們上一般學校，一定什麼都不做，整天只想男孩子。她媽媽說修道院那些修女管她們管得死死的。孩子觀察了幾小時，判定她們跟低能兒差不多。她很高興她們只是遠房表親，她不會遺傳到這種愚蠢腦袋。蘇珊（Susan），一身皮包骨，可是有張漂亮的尖臉和一頭紅髮；瓊安的黃髮是自然鬈，可是她說話很愛擺架子，笑的時候雀斑會變成紫色。兩個人都沒什麼大腦，她們說的話開頭都是：「你知道跟我很熟的這個男孩有一次……」

她們要在這裡度週末，她母親說不知道怎麼招待人家，因爲沒認識與她們年紀相仿的男孩。孩子聽到這話突然靈光一現，叫道：「找契特嘛，叫契特來，請柯比小姐叫契特來帶她們四處逛。」她幾乎被嘴裡的食物噎到，搥著桌子笑得倍加用力，看著兩個滿臉困惑的女孩，笑到眼淚都順著胖臉頰流下來，嘴裡的牙齒矯正器閃閃發光，她從沒想出這麼好玩的點子。

她母親笑得比較謹慎，柯比小姐紅著臉用叉子把一粒青豆優雅地送入口中。柯比小姐是跟她們一起住的金髮長臉教師。謝坦先生，一位富有的老農人，是她的追求者。他開一輛十五年歷史，車身沾了紅色泥沙的天藍色龐蒂克汽車。每星期六下午，他會載一車黑人進城，每人收一毛錢，然後來看柯比小姐。他總帶些小禮物，一袋煮熟的花生或一顆西瓜或一根甘蔗，有次是一大包貝比魯斯糖果棒。他光禿的頭頂只有一小圈鐵鏽色頭髮，臉色幾乎像是沒鋪過的路面，上頭還有車轍和溝壑。他穿淡綠色黑紋襯衫和藍色吊帶褲，不時用肥大平扁的拇指輕按褲頭切過的凸肚。他的牙都鑲了金。看到柯比小姐時總是眼珠骨碌碌轉動，頑皮地說：「呵呵——」他坐在走廊上的吊椅，雙腿開開，兩隻尖頭鞋在地板指著不同的方向。

「我想謝坦這個週末不會進城。」柯比小姐說，完全不了解這只是個玩笑。孩子又大笑到向後倒，從椅子上跌下地板，滾了幾圈，最後躺著喘氣。她母親說，如果她再胡鬧就得下桌。

昨天她母親安排阿隆索．邁爾斯開四十五哩路的車，把兩位女孩從位於梅維爾鎮的修道院接來度週末，星期天下午還要再雇他送她們回去。阿隆索．邁爾斯是個十八歲的男孩，體重兩百五十磅，在計程車行工作，在這兒要去任何地方只能找他送。他不是抽菸就是叼著根短黑雪茄，圓滾汗溼的胸膛在黃色尼龍衫下脹得鼓起。他開車時所有車窗都得打開。

「還有阿隆索！」孩子躺在地上喊：「讓阿隆索帶她們去逛，叫阿隆索來。」

兩個女孩看過阿隆索，她們尖叫表示反對。

她母親也覺得有趣，不過她只說：「妳夠了喔。」然後就轉開話題。她問兩位女孩為什麼彼此稱呼「聖殿一」、「聖殿二」，兩人聽到就咯咯笑個不停。最後總算開始解釋，說慈悲修道院最年長的柏佩塔修女曾告誡她們該怎麼應付，假使一個年輕男子想要（講到這兒她們笑得太厲害，只好從頭來過），該怎麼應付，假使一個年輕男子想要（她們又笑得頭都彎到膝上），該怎麼應付，如果（她們終於喊出來）、如果他想「在汽車後座對她們做出不合紳士風度的舉動」時，柏佩塔修女說她們要說：「別這樣，先生！我是聖靈之殿！」這樣就能阻止他。孩子面無表情地坐起來，不覺得這有什麼好笑。讓謝坦先生或阿隆索當她們的護花使者才真的好玩，那才會樂壞她。

她母親聽完也沒笑。「我覺得妳們這些女孩真傻，畢竟妳們本來就是聖靈之殿嘛。」兩個女孩抬頭看著她，禮貌地忍住笑，可是一臉驚訝，似乎開始明白她跟柏佩塔修女是同一種人。

柯比小姐表情仍然平靜，但孩子想無論如何她一定滿腦子都在想這件事了。我是聖靈之殿，她對自己說，心裡很滿意這句話，彷彿別人送了她一份禮物。

晚飯後，她母親癱在床上說：「如果不安排些活動，這些女孩會把我逼瘋的，她們真讓人受不了。」

「我知道可以找誰。」孩子開口。

「聽著，我不再聽什麼謝坦先生，妳讓柯比小姐那麼尷尬，他是她唯一的朋友，噢，老天。」她母親坐起來，難過地看著窗外，「她真是寂寞得可憐，居然願意坐上那輛車，車裡的味道簡直像來自地獄最底層。」

那麼她也是聖靈之殿，孩子心想。「我想的不是謝坦，我想的是在布契爾老太太農場作客的威爾金斯兄弟，溫戴爾和柯瑞。他們是她的孫子，也幫她做事。」

「這主意還不錯，」她母親喃喃地說，贊許地看她一眼，但馬上又打消念頭。「但他們只是鄉下孩子，這些女孩會對他們擺臉色的。」

「哼，他們可是穿長褲，十六歲，還有輛車呢。有人說他們要去上帝會當傳教士，因爲那不需要什麼學問。」

「跟這些男孩在一起她們倒是絕對安全。」她母親說。過了一會兒，她下床打電話給他們的祖母，和老太太談了半個鐘頭，決定讓溫戴爾和柯瑞來吃晚飯，然後帶女孩們去園遊會。

蘇珊和瓊安高興得趕快洗了頭，用鋁髮捲做頭髮。哈，孩子疊腿坐在床上看她們卸髮捲，心想，等著瞧吧，夠妳們受的。「妳們會喜歡這些男孩的，溫戴爾六呎高，紅頭髮；柯瑞六呎六，黑頭髮，穿運動夾克。他們的車頭有根松鼠尾巴。」

「妳一個小孩怎麼對這兩個男人這麼清楚？」蘇珊問道，臉湊到鏡前看著瞳孔擴大。

孩子倒在床上開始數天花板的細條，數到眼睛都花了。我對他們可是一清二楚，她暗自說，我們並肩參加過世界大戰。他們在我麾下，我五度將他們從日本自殺飛機下救出來。溫戴爾說我要娶那孩子，另外一個說不，你不能，我才要娶她。我說，你們都不能，因爲我要在你們眼睛都來不及眨之前，讓你們受軍法審判。「我只是看過他們幾次。」她說。

他們到的時候，兩個女孩盯了他們一秒就開始咯咯笑，然後彼此聊起修道院。女孩們坐在吊椅上，溫戴爾和柯瑞坐欄杆，像猴子一樣膝蓋齊肩，手臂垂中間。他們都是瘦削的男孩，臉色紅紅，顴骨高高，淡色眼睛像種子。他們帶了口琴和吉他，其中一個開始吹口琴，邊吹邊盯著兩位女孩；另一個笨拙地撥起弦開始唱，沒看女孩，倒是斜著頭一副只對自己歌聲有興趣的樣子，他唱的是首山歌，聽來近似情歌又似聖歌。

孩子站在屋旁矮樹叢裡的木桶上，臉跟走廊地板齊高，夕陽正西沉，天空變成瘀傷的紫羅蘭色，似乎應和著調子的甜蜜憂傷。溫戴爾歌唱時面露笑容，目光也轉向女孩們，他看著蘇珊，一臉卑恭愛慕的表情。他唱道：

我在耶穌身上找到一位朋友，
祂是我的一切，
祂是山谷中的百合，
祂賜予我自由。

他又用同樣的表情看著瓊安唱：

一道火牆包圍著我，
我毫無畏懼，
祂是山谷中的百合，
祂永遠陪伴我。

兩個女孩對看了一眼，緊抿著唇忍住笑意，結果蘇珊還是笑出來了，她趕緊伸手摀住嘴。唱歌的人皺起眉頭，有好幾秒只空撥著弦，然後又唱〈老舊的十字架〉。她們禮貌地傾聽，但他唱完還想再唱時，她們說：「讓我們唱一首。」接著以修道院訓練出的聲調唱出男孩聽不懂的拉丁語歌詞：

讓我們謙卑地
崇拜聖禮
拋棄古老的儀式
遵循新禮。

孩子看到男孩轉過嚴肅的面孔彼此蹙眉對看，彷彿不確定是否被耍了。

讓信仰彌補
理性的不足
願讚美與喜樂
歸於聖父、聖子
讓力量、榮耀、美德……

男孩們的臉在灰紫的暮色中一片暗紅，似乎又驚又氣。

和天恩歸於聖父聖子
也讓同樣的讚美歸於
從二者而生的。
阿門

女孩們吐出「阿門」後一片寂靜。

「這一定是猶太歌。」溫戴爾說著開始調吉他弦。

女孩們吃嗤嗤地笑，孩子在木桶上跺腳。「妳們這些大笨牛，」她大叫：「妳們這些大笨牛，妳們這些上帝會的大笨牛。」她不小心跌了下來，男孩們跳下欄杆查看是誰在大叫時，她已經爬起來飛也似地繞到屋後。

她母親安排他們在後院用午餐，那兒的桌子上方吊了些花園宴會用的日本燈籠。「我不要跟他們同桌吃飯。」孩子說著，抓起自己的盤子到廚房，和廚子（他的牙床呈青藍色）一塊吃。

「為什麼妳有時候那麼醜陋？」廚子問道。

「那些愚蠢的白癡。」孩子說。

燈籠將與之等高的樹葉鍍成橙黃色，上方是一片黑藍，底下朦朧的色彩使桌旁的女孩顯得比平常漂亮。孩子不時轉頭從廚房窗戶往外看下面的情形。

「上帝會劈得你又盲又啞，妳就不會這麼聰明了。」廚子說。

「我還是會比某些人聰明。」孩子說。

飯後他們去逛園遊會，她想去，但不跟他們去。所以就算他們邀她，她也不會去。她上了樓，雙手扣在身後在狹長的臥室裡踱來踱去，頭向前伸，臉上的神情混合著憤怒和迷惘。她沒開燈，黑暗從四方聚攏，房間顯得更小、更隱蔽。每隔幾分鐘就有一道光射入敞開的窗戶，投影在牆上，她停住腳步看向窗外，視線掠過暗暗的山坡，看著泛銀光的池塘，再轉到一牆樹林，最後停在斑斕的夜空下，一道光束上下左右掃射天空，彷彿要獵尋失落的太陽，那是園遊會的燈火。

她聽到遠處飄來的風琴聲，腦海中浮現那些在亮片金光中矗立的帳篷，鑽石環般的摩天輪飛天下地，喀啦響的旋轉木馬轉個不停。園遊會為期五到六天，一個下午專門開放給學童，一個晚上特別開放給黑人。她去年在學童日去了，看到猴子、胖子，還坐了摩天輪。當時有些帳篷沒開，因為裡面的東西只限成人參觀，她對那些帳篷掛的廣告很感興趣：穿緊身衣的褪色人像，嚴肅的臉拉得老長，像等著被羅馬士兵割舌頭的烈士。她猜帳篷裡的東西和醫藥有關，因此決定長大後要當醫生。

她後來改變主意，又想當工程師，不過現在看著窗外時長時短的巡視探照光，她覺得她應該比醫生或工程師更偉大，她要當聖人，當了聖人你什麼都會曉得。可是她知道自己永遠當不了。她不偷不殺，但她天生愛說謊，又懶惰，對母親說話不敬，故意讓每個人都討厭她，她也犯了最重的罪——驕傲。開學典禮時浸信會牧師來學校帶領大家禱告，她拉下嘴角，撫著額頭模仿牧師的樣子，痛苦地呻吟：「天父，我們謝謝您」。老師告誡過她好幾次，她仍照做不誤。她永遠當不了聖人的，不過如果他們痛快殺了她，她倒當得成烈士。

她可以忍受被槍彈射死，無法忍受被油澆死，但不知是否受得了被獅子撕成一片片。她開始準備殉道，想像自己穿著緊身衣置身於大競技場，被吊在早期基督徒的火籠裡照亮全場，金光夾著細塵灑在她和獅子身上。第一隻獅子衝過來，倒在她腳邊，被她感化了，依序衝上來的一隻隻獅子也都如此。獅子們都喜歡她，她甚至可以睡在牠們身邊。最後羅馬人不得不用火燒她，可是他們驚駭地發現燒不死她。見她如此難以處死，最後他們一劍割下她的頭，她立刻升上天堂。她反覆排演了好幾次，每次都從獅子演到升天爲止。

最後，她從窗邊站起，準備睡了。她沒禱告就上床。房裡有兩張雙人床，兩個女孩睡一張，她想藏個冰冷黏糊的東西在她們床上，但是不可行，因爲能想到的她都沒有，譬如一隻死雞或一塊牛肝什麼的。窗外傳來的風琴聲擾得她無法入睡，記起自己還沒禱告，她下床跪著開始禱告。她匆匆起頭，一路急念到使徒信經後半段，最後下巴擱在床緣，腦中一片空白；平常她禱告（她記得的話），多半草草了事；不過，當她做錯事、聽到樂聲、掉了東西，或有時毫無理由，她也會感動地情緒激昂，想到耶穌前往髑髏地的漫長路途，三次被壓在粗重的十字架下。她想著想著心裡會變得一片澄明，被什麼給喚醒時，總發現自己已想著另一件毫不相干的事，想著一隻狗，一位女孩，或者想著有一天她一定要做的事。今晚，想到溫戴爾和柯瑞，她心裡充滿感恩，幾乎喜極而泣，她說：「天主，天主，謝謝您，讓我不屬於上帝會，謝謝您，天主，謝謝您。」她回到床上，嘴裡一直重複這幾句話直到睡著。

兩個女孩回來時差十五分就十二點，咯咯笑聲吵醒了她。她們扭開藍罩小檯燈換衣服，瘦長的影子爬上牆壁，折過再輕緩地游移在天花板上。孩子坐起來聽她們描述園遊會的情形。蘇珊帶回一把裝滿廉價糖果的塑膠手槍，瓊安拿了隻有紅圓點的紙板貓。「妳們有沒有看到猴子跳舞？有沒有看到大胖子和小矮人？」孩子問。

「什麼怪胎都看了，」瓊安回答，然後對蘇珊說：「每樣都挺有意思的，除了『那個』……」她露出一種奇怪表情，彷彿咬了一口不確定自己是否喜歡的東西。

蘇珊站著不動，搖搖頭，並朝孩子輕點一下：「小孩子耳朵長。」她壓低聲音說，可是孩子聽到了，心跳開始加快。

她離開床，爬上她們的床尾板。兩個女孩熄了燈上床，她還坐在那兒睜著大眼，直到她們的臉在黑暗中清晰可見。「我年紀沒妳們大，可是我比妳們聰明一百萬倍。」她說。

「有些事情，是妳這種年紀的小孩不會知道的。」蘇珊說，兩人又咯咯笑起。

「回妳自己床上去。」瓊安說。

孩子沒動，「有一次，」她的聲音在黑暗中空洞響起，「我看到兔子生小兔子。」

一片沉默，然後蘇珊淡淡地問：「怎麼生的？」她知道她們上鉤了，她說除非她們告訴她「那個」，她才願意說。其實她根本沒看過兔子生小兔子，不過她們一談起在帳篷內看到的東西，她就把這事給忘了。

那是一個有名有姓的畸型人，不過她們記不起名字了。帳篷內用黑幕隔成兩邊，一邊給男的看，一邊給女的看。畸型人從一邊走到另一邊，先對男的說，再對女的說，不過大家都聽得到。舞台橫跨在前方，女孩們聽到畸型人對男士們說：「我讓你們看這個，如果你們敢笑，上帝會也把你劈成這種樣子。」他說話帶著土腔，速度慢而帶鼻音，聲調平板，不高不低。「上帝使我變成這樣，如果你們取笑，祂會用同樣方法對付你。祂要我這樣，我沒有怨言，我讓你們看，因爲我必須善加利用它，希望你們保持紳士淑女的風度。我不曾對自己做過什麼，對此也無能爲力，但我要善加利用，我不抗辯。」帳篷另一邊靜了好一會兒，最後畸型人離開那些男的，來到女的這邊，說了同樣的話。

孩子感覺全身肌肉都拉緊了，彷彿正在聽比謎語本身更難解的謎底。「妳是說它有兩個頭？」

「不是，那人是男人也是女人，他／她掀起裙子讓我們看，他／她穿了件藍色洋裝。」蘇珊說。

孩子想問那人沒有兩個頭怎麼會又男又女，可是她沒開口，她想回自己床上想出答案，她開始爬下床尾板。

「兔子呢？」瓊安問。

孩子停下來，只有臉露出床尾板，表情迷惘：「牠從嘴裡吐出小兔子，一共六隻。」她躺在床上，試著想像畸型人在帳篷裡兩頭走動的情景，可是她太睏了，頂多想得出觀眾的臉，男人們比做禮拜時肅穆，女人們嚴沉有禮，眼妝豔抹，站著等候鋼琴起音開始唱讚美詩。她聽到畸型人說：「上帝使我如此，我不抗辯。」而人們回應：「阿門，阿門。」

「上帝對我如此，我讚美祂。」

「阿門，阿門。」

「祂可以這樣打擊你。」

「阿門，阿門。」

「但祂沒有。」

「阿門，阿門。」

「起來，聖靈之殿，你是上帝的殿堂，你不知道嗎？神的靈在你身上，你不知道嗎？」

「阿門，阿門。」

「任何人褻瀆上帝的殿堂，上帝會將他毀滅，如果你敢笑，祂也會如此打擊你，上帝的殿堂是神聖的，阿門，阿門。」

「阿門。」

人們開始小聲拍手，「阿門」聲規律地夾雜其間，聲音愈來愈輕柔，彷彿知道旁邊有個小孩快睡著了。

第二天下午女孩們換回褐色修道院制服，孩子和她母親送她們回聖史卡拉思提卡山。」她們說：「噢，榮耀啊，噢，彼得，又將回到鹽礦去。」阿隆索．邁爾斯開車，孩子和他坐在前座。她母親坐在後座的兩個女孩中間，一路說些眞高興她們來，她們一定要再來玩，以及她和她們母親以前少女時在修道院的快樂時光之類的話。這些客套話小孩一句也沒聽進去，只盡可能地靠著鎖住的車門，好把頭伸出窗外。她們本以爲阿隆索星期天味道會好聞些，結果沒有。頭髮吹在臉上時，她可以直視框在午後藍空中的象牙色太陽，當她把頭髮拂開，就得瞇著眼睛才行。

聖史卡拉思提卡山修道院是幢坐落在鎭中心的紅磚屋，兩旁分別是加油站和消防隊。四周圍了高大的黑色鐵柵，老樹和盛開的山茶花間是窄小的紅磚走道。一位大圓臉修女急急跑到門邊迎接她們，先擁抱她母親，接著想擁抱她，但她皺著眉伸出手，目光越過修女的鞋停在壁板上。她們習慣親吻小孩，即使是醜小孩，可是這位修女熱切地與她握手，握得她關節嘎嘎作響。修女說她們一定要去小教堂，聖禮降福儀式才剛開始。你一腳才踏進她們的門，她們就要你禱告，孩子在她們急急穿過發亮的走廊時想著。

你以爲她是急著去趕火車呢，她們走進教堂時她仍惡毒地想。教堂裡修女們跪在一邊，女孩們都穿著褐色制服跪在另一邊。空氣中瀰漫著焚香味，堂內是淡綠和金色的裝潢，層層拱門直伸到聖壇上方。神父曲身跪在聖禮架前，穿著白色法衣的男童站在他身後搖晃香爐。孩子跪在母親和修女之間，她們唱了大半首〈聖體頌〉，她才不再惡毒地想事情，開始明白她正在上帝面前。請幫助我，別讓我再這麼壞，她開始機械式地祈禱，請幫助我別讓我再這樣頂撞她，請幫助我，別讓我再這樣說話。她的心靜了下來，然後是一片空明，但神父舉起聖體架，看到架中央發出象牙光的聖體時，她卻想到了園遊會裡畸形人的帳篷，想到畸形人說：「我不爭辯，這是祂的旨意。」

她們走出修道院大門時，胖修女突然玩笑地摟住她，差點把她悶死在黑袍裡，腰際掛的十字架緊壓她的臉，然後手一鬆，用小小的貝殼眼瞅著她。

回程她和母親坐後座，阿隆索一個人在前面開車。孩子注意到他頸背上有三環肥肉，兩隻耳朵尖如豬耳。她母親找話聊，問他去過園遊會沒有。

「去了，每樣都看了。還好我那時候去，他們快收攤了，本來說下星期還有的。」

「爲什麼？」她母親問。

「被停業了，鎮上一些神父去查看後，找警察來把它關閉了」。

她母親就此打住，孩子陷入沉思。她轉過圓臉看窗外起伏的草地，一片青翠延伸到暗樹林邊，太陽是顆大紅球，像升天的浴血聖體。它沉落視線之外後，在天空留下一道紅光，如一條紅泥路懸跨於樹頂之上。

人造黑鬼

赫德先生醒來，發現月光灑滿了房間。他從床上坐起來盯著地板，銀色的，又望向枕頭套，錦緞似的。接著他看到五呎外有半個月亮在他的刮鬍鏡裡，似乎在等待批准才進來。它滾向前，將莊嚴的銀光灑在每樣東西上，貼牆而立的椅子顯得僵直而恭敬，彷彿正等待命令下達。赫德先生掛在椅背上的長褲顯出幾乎可稱得上高貴的色澤，像某位大人物剛丟給僕人的衣裳。然而月亮的臉陰沉沉地掃過房間，出了窗外，飄浮在馬房上，似乎跌入沉思，表情像已預見年輕人未來的晚年。

赫德先生可以告訴它，年歲是難得的福氣，能使人步入冷靜透悟生命的境界，成為年輕人的好嚮導，至少他自己的體驗是這樣。

他將身子向前拉，直到能看見倒放椅邊水桶上的鬧鐘，清晨兩點。鬧鈴已經壞了，不過他不靠任何機械裝置叫醒自己。六十年歲月沒有磨鈍他的感覺，他的生理反應，一如道德反應，由意志和剛強性格所主宰，從他的臉上可以明顯地看出來。他有張管形長臉，下巴橢圓而端正，鼻子長而塌，雙眼機敏而沉靜，在奇妙的月光下顯得沉著並充滿亙古智慧，彷彿屬於某位偉大的人類導師，也許是半夜被喚去見但丁的維吉爾，或更了不起的拉斐爾，遭上帝一擊閃光喚醒而受命飛至托比亞斯身邊。房內唯一的暗處是尼爾森在窗影下的小床褥。

尼爾森蹺身側睡，膝蓋抬到顎下，腳跟縮至臀邊。他的新衣新帽擺在床褥邊地板上盒子裡，一醒來就搆得到。窗影外的盛水瓶在月光下一身雪白，像個小天使般護衛著他。赫德先生躺回床上，對明天要完成的道德使命信心十足。他打算比尼爾森早起床，在他醒來時準備好早餐。每次他先起床那孩子就氣個半死。他們必須四點動身，才能在五點三十分到達鐵路聯軌站。火車五點四十五分停靠，他們必須準時，因爲火車不是爲了他們而停的。

這是孩子第一次進城，雖然他宣稱是第二次，因爲他是在城裡出生的。赫德先生想讓他明白他出生時根本還不懂自己身在何處，這沒有用，孩子仍堅持這是他第二次進城。赫德先生是第三次，尼爾森說：「我才十歲大就去了兩次。」

赫德先生與他爭論。

「如果你十五年沒去，你怎麼認得路？怎麼知道那兒沒變？」尼爾森問。

「你看過我迷路嗎？」赫德先生問他。

尼爾森當然沒有，但他是個寧可胡言也不認輸的孩子，他答道：「這個地方根本不會有人迷路。」

「總有一天，」赫德先生預言：「你會發現你沒自己想得那麼聰明。」這趟進城他想了好幾個月，多半是道德教育上的考慮。他打算給他一次永遠難忘的教訓，他會知道出生在城裡根本不值得驕傲，他會知道城市並非多棒的地方。赫德先生打算讓他看個夠，以後他就會安分地守在家鄉。他想著孩子會如何發現自己沒有想像的聰明，一面漸漸入睡。

三點半時他被煎肥豬肉的味道薰醒，他跳下床，發現小床是空的，衣服盒子已經打開。他穿上長褲跑到另一個房間，玉米麵包正在爐上，肉煎好了。孩子坐在桌旁暗處喝罐內的冷咖啡，一身新衣新帽，灰帽拉得低低的直壓到眼睛上。帽子大了點，他們故意訂大一號的，認爲他的頭還會長大。他一句話也沒說，但整個模樣顯示他很滿意自己比赫德先生早一步起床。

赫德先生把爐上的一鍋肉端到桌上。「不急，你很快就會到那兒，不過我不保證到時候你會喜歡那地方。」他在孩子對面坐下，孩子慢慢抬起頭，一臉嚴肅，臉型和德黑先生一模一樣；他們祖孫倆看起來像年紀相仿的兄弟，因爲赫德先生在日光下神情年輕，孩子卻一臉老態，彷彿看盡世事而樂於忘掉一切。

赫德先生本有一妻一女，妻子死後女兒跑了，過了一段時間回來，身邊多了尼爾森。有一天早晨她死在床上，留下赫德先生獨力撫養一歲大的孩子。他不該告訴尼爾森他在亞特蘭大出生，要是他沒說，尼爾森就不會堅持這是他第二次進城。

「搞不好你會一點都不喜歡那裡。」赫德先生接著說：「那裡到處都是黑鬼。」

孩子扮了扮鬼臉，似乎認為他應付得了黑鬼。

「好啊，你還沒見過黑鬼呢。」赫德先生說。

「你起得不很早啊。」尼爾森說。

「你還沒見過黑鬼呢。」赫德先生又說一遍：「從十二年前我們趕走一個以後，這裡就再也沒有黑鬼了，那時候你還沒出生呢。」他盯著孩子看，似乎想激他說曾見過黑人。

「你怎麼知道我以前住那兒沒見過黑鬼？也許我看過很多。」尼爾森問

「就算看到，你也不知道。」赫德先生惱火地說：「一個六個月大的嬰兒才分不出什麼黑人白人。」

「我想我看到就會曉得了。」孩子說完站起來，拉一拉靈巧灰帽上的褶痕，到屋外去上廁所。

他們到聯軌站時，離火車預定到達的時間還有好一會兒。他們站在距離第一條鐵軌約兩呎遠處，赫德先生拿著一只紙袋，裡面是餅乾和一罐沙丁魚，準備當兩人的午餐。一顆粗野的橘紅色太陽從東面山群背面升起，將他們身後的天空染成暗紅。但他們前方天色仍一片灰濛，面向透灰的月亮，它如拇指指紋般黯淡無光。所謂的聯軌站，只不過是台錫製小轉轍器加一個黑油箱，兩條鐵道平行直至空地兩頭的彎道處相交。火車通過時，彷彿像從樹林隧道中駛出，瞬間被冰冷的天空撞擊，又驚惶地遁入林中。這班火車爲他們停是赫德先生特別跟售票員商量的，他暗暗擔心若火車不停，尼爾森就會說：「我就曉得火車不會爲你停下來。」清晨月下的鐵軌泛白而顯得脆弱，老人和孩子都盯著前方，像在等待幻影。

赫德先生正想掉頭看時，突然火車在一響低沉的警告鳴笛中出現，近乎無聲地從兩百碼外的林中彎道緩緩駛近，亮著黃色車頭燈。赫德先生不敢確定它眞會停，如果它就這樣慢慢由他們旁邊駛過，他出的洋相更大。不過若果眞如此，兩人都準備裝作沒看到。

火車頭經過時，燒熱的金屬味嗆了他們一鼻子。第二節車廂剛好在他們面前煞住，梯口站了位車掌，有張肥腫如古老品種牛頭犬的臉，像是在等他們但不在乎他們上不上車，只說：「往右走。」

他們迅速上了車，腳才踏入安靜的車廂，火車已加速疾駛。大多數乘客還在睡夢中，有的頭垂到座椅扶手外，有的占了兩個座位，有的腳伸到走道上。赫德先生看到兩個空位就推著尼爾森過去。「進去靠窗坐好。」他平常的聲量在這種大清早時刻聽來非常大聲，「不會有人管你，反正沒人，坐好。」

「聽到了，」孩子咕噥：「用不著大聲。」他坐下將頭扭向窗外，看到一張慘白鬼臉在白得嚇人的帽緣下對他皺眉頭。他祖父也很快瞄了一眼車窗，看到另一張鬼臉在黑帽下，蒼白但露齒而笑。

赫德先生坐好後掏出車票大聲唸上面的每一個字，引起一陣騷動，好些乘客睜開眼瞪著他。「把帽子脫掉。」他對尼爾森說，自己也脫下帽子擱在膝上。他後腦勺貼著一小撮由白色轉變成菸草色的頭髮，前額又禿又皺。尼爾森脫了帽放在膝上，等車掌來查票。

走道對面的乘客占了兩個座位，腳擱在窗檯上，頭伸到走道上，穿一套淡藍色西裝和黃襯衫，領口釦子解開。他剛睜開眼睛，赫德先生正想自我介紹一番，車掌就在後面低吼：「車票！」

車掌走開後，赫德先生把剩下的半截車票交給尼爾森說：「放你口袋裡，別弄丟了，不然你就得留在城裡。」

「說不定我會。」尼爾森似乎覺得這個建議不錯。

赫德先生假裝沒聽到。「這孩子第一次坐火車。」他對走道那邊的人解釋，那人傾身坐起，兩腳都放回地板上。

尼爾森把帽子甩回頭上，生氣地轉頭對著窗戶。

「他沒見過世面。」赫德先生繼續說：「就像他出生那天一樣，什麼都不懂，不過這次我打算讓他看個夠。」

孩子傾過身，隔著他祖父對陌生人說：「我在城裡出生，我是在那兒生的，這是我第二次進城。」他的聲調高昂而肯定，可是那人似乎沒聽懂，眼睛底下有深深的黑眼圈。

赫德先生手伸過去拍拍他的臂膀。「對付孩子的方法，」他睿智地說：「就是讓他把該看的都看了，一點不留。」

「沒錯。」那人應道，他低頭看著自己腫脹的腳，把左腳抬離地板十吋高，過了一會放下來，再抬另一隻。車廂內的人開始起來走動，打打呵欠，伸伸懶腰，各種聲音此起彼落，再來是火車規律的嗡鳴。突然，赫德先生臉上的安詳表情消失了，嘴幾乎合上，眼裡閃過一絲嚴肅謹慎的神色，他看向車廂前方，頭也不回地抓住尼爾森的手臂往前拉：「快看。」

一個咖啡膚色的大漢緩步走近，一身淺色西裝，黃色緞質領帶上別了一枚紅寶石，一手按住扣好外套下的肚子，一手拄著黑枴杖，每走一步枴杖就誇張地朝外一抬一頓。他走得極慢，一雙棕色大眼掃過車廂乘客。他留了一小撮白鬍和一頭鬈曲白髮，身後站了兩名年輕女子，同樣咖啡膚色，一個穿黃色洋裝，一個穿綠色的，配合他的步伐邊低聲交談走著。

赫德先生緊抓尼爾森的手臂。這列人經過他們身旁時，拿著枴杖的棕色手上一只青玉戒的光芒閃進赫德先生眼底。他沒抬頭，大漢也沒看他，三人踱到走道盡頭，出了車廂。赫德先生鬆開手問：「那是什麼？」

「一個人。」孩子說著瞪他一眼，似乎煩透了自己的智慧受到侮辱。

「哪種人？」赫德先生用平淡的語氣追問。

「一個胖子。」尼爾森開始覺得自己最好小心應付。

「你不知道是哪種人？」赫德先生下結論似地說。

「一個老人。」孩子說出口後突然有種預感，這一天不會太好玩。

「那是個黑鬼。」赫德先生說著往後一坐。

尼爾森從座位上跳起來，回頭看車尾，黑人已經不見了。

「我以爲你看到黑鬼就會認得呢，你第一次在城裡的時候不是看過很多嗎？」赫德先生接著說：「那是他第一次看到黑鬼。」他對坐在走道對面的人說。

孩子滑回座位。「你說他們是黑的。」他聲音中帶著憤怒，「你沒說他們是棕色的，你不說清楚，怎能要我什麼都知道？」

「你就是什麼都不知道。」他說著站起來，移到走道對面那人旁邊的空位坐下。

尼爾森又回頭望了望黑人消失的地方，他覺得那個黑人是故意經過好出他洋相，他心裡激起一股新的恨意，他這會兒了解爲什麼祖父不喜歡他們。他轉向車窗，玻璃上映出的臉似乎在說他無法應付這趟旅行。他懷疑到了城裡，他還記不記得那個地方。

講了一堆故事之後，赫德先生發現他的聽眾睡著了。他起身提議要尼爾森一同到車上各處看看，他尤其想讓孩子看看廁所，所以他們先到男廁觀察水管設施。赫德先生以一副發明者的姿態示範冷水機的用法，還指給尼爾森看乘客刷牙用的單龍頭盥洗盆。他們逛了幾節車廂，最後走到餐車。

這是整列火車中最雅致的車廂，內部漆成蛋黃色，地板上舖著酒紅色地毯，餐桌上方是一扇扇大窗，滾動的寬闊景色縮映在咖啡壺面和玻璃杯上。三個極爲黝黑的黑人，身穿白衣白圍裙忙上忙下地端盤子、哈腰、俯身服侍餐桌上用早餐的乘客。一個黑人衝到赫德先生和尼爾森面前，豎起兩根指頭：「兩個座位。」赫德先生馬上大聲回答：「我們出門前吃過了。」

那位侍者戴著棕色大眼鏡，使他的眼白顯得更大。「那請你讓開，」他像拂蒼蠅似地揮揮手。

赫德先生和尼爾森都沒移開半步。「你看。」赫德先生說。

靠他們這頭的角落放了兩張桌子，一道番紅花色的布幔將它們和其他桌子分開。其中一張擺了餐具卻沒人坐，另一張正對著他們，先前的黑大漢就坐在那，背對布幔。他一面將奶油塗在鬆糕上一面輕聲和那兩個女人說話，他有張沉重而哀傷的臉，頸子上的肉從兩邊的白衣領擠出來。「他們把他們跟別人隔開，」赫德先生解釋道。「我們去看看廚房。」他接著說，他們走向車廂尾，黑人侍者急急追上來。

「乘客不准進廚房。」他高傲地重複：「乘客不准進廚房。」

赫德先生腳下一停，轉過身來。「哦，是有原因的，」他對著黑人的胸口喊：「因爲裡面的蟑螂會把乘客嚇跑。」

所有乘客都放聲大笑，赫德先生和尼爾森笑著走出去。赫德先生的急智在家鄉是出了名的，尼爾森突然覺得好驕傲。他頓時明白在他們要去的陌生地方，老人將是他唯一的支柱；失去了祖父，他在世上就無依無靠了。他心頭一震，很想拉住赫德先生的外套，像小孩般緊抓不放。

他們走回座位時看到窗外鄉間小屋和棚屋此起彼落，鐵道旁出現一條公路，車子在上面飛馳，又小又快。尼爾森覺得現在的乘客比三十分鐘前少了，走道對面那人已經不在，附近沒人可讓赫德先生攀談，他只好看著窗外自己的倒影，並大聲唸出火車經過的建築物名稱：「狄克西化學公司，」他宣讀：「南方少女麵粉，狄克西門板，南方美女棉花廠，蓓蒂花生醬，南方媽咪甘蔗糖漿……」

「安靜。」尼爾森噓他。

車廂內，人們開始起身取下頂架上的行李，女人們開始戴帽子、穿外套，車掌探頭進來吼道：「第一站——」尼爾森跳起來，發著抖，赫德先生把他按回座位。

「坐好。」他威嚴地說：「第一站是市郊，第二站才是火車總站。」他是第一次來時學到的，那次他在第一站就下車，後來花了一毛五分找人載他去市中心。尼爾森臉色蒼白地坐回去，他生平第一次發覺自己不能沒有祖父。

火車停了，幾位乘客下車，又像從沒停過似地繼續向前開。窗外成排棕色破矮屋後聳立著一排藍色高樓，再過去是一片染了淡玫瑰紅的灰色天空通向虛空。火車駛進站區，尼爾森看到下面一條條銀軌縱橫交錯，他正想數時，一張蒼白清晰的臉矍然浮現窗上，他立刻轉開視線。火車到站，他和赫德先生跳起來跑向車門，兩人都沒注意到裝午餐的紙袋留在座位上了。

他們僵硬地穿過小車站，踏出一扇厚門，走入人車喧嘩中。人群都趕著要去工作。尼爾森看得眼花撩亂，赫德先生靠在大樓牆上怔怔看著眼前的景象。

最後尼爾森開口：「好啦，要怎樣才能看個夠？」

赫德先生沒應聲。過了一會兒，似乎過往人群給了他線索，他說了聲：「走路。」並邁開步沿街走下去。尼爾森手扶著帽子跟在後面，眼前的五光十色讓他走完一條街道還搞不清楚自己在看什麼。到第二段街道的轉角，赫德先生回頭望了望剛離開的車站，一棟油灰色水泥圓頂建築。他心想，如果不讓圓頂離開視線，下午就找得到路回來搭車。

走著走著，尼爾森開始分辨出一樣樣東西。他注意到商店櫥窗裡的各種用品，五金、乾貨、雞飼料、酒類。他們經過一家店時，赫德先生要他特別注意，這裡你可以走進去坐上椅子，腳擱在兩塊踏板上，讓一個黑人幫你擦鞋。他們慢慢走走停停，每家店門口都站一站，讓尼爾森看看裡面在幹什麼；不過他們一家店都沒進去。赫德先生打定主意不進任何城裡的商店，因爲他上次來時在一家大店裡迷了路，受了很多羞辱才找到路出來。

他們走到第三段街中間，一家店前放了體重計；他們輪流站上去，放入一分錢，得到一張紙片。赫德先生的紙片上說：「你重一百二十磅，你正直勇敢，所有朋友都仰慕你。」他把紙片放入口袋，很驚訝這部機器說對了他的個性，卻說錯他的體重；他不久前才在穀秤上磅過，是一百一十磅。尼爾森的紙片上說：「你重九十八磅，你將有不平凡的遭遇，但須小心黑女人。」尼爾森一個女人都不認識，而且他只有六十八磅，不過赫德先生說也許是機器把數字印倒了，把6印成9。

他們繼續走，走完第五段街道時火車站的圓頂已經看不到了，赫德先生往左轉。如果不是因爲下一家店更有趣，尼爾森可以站在每家店前面看上一小時。突然他說：「我是在這兒出生的，」赫德先生轉過頭一臉驚駭地看著他，他臉上泛著一層汗水的光彩說：「這是我的故鄉。」

赫德先生大驚，他知道該採取某種非常手段了。「我讓你看件你沒看過的東西。」他說著帶他到角落的下水道口。「蹲下，」他說：「頭伸進去，」他抓著他的衣服後面，把他的頭放入溝中。聽到人行道下深處傳來像水溢出窄頸瓶的嗝聲，他急忙縮回頭。赫德先生接著解釋下水道系統，如何鋪設到整個城市底下，裡面如何充滿污水和老鼠；人若掉下去，會被吸到黑漆漆的無底洞裡。這城市隨時都可能有人被吸進去，再也沒了消息。他生動的描述嚇得尼爾森有好幾秒愣在那裡；他將下水道聯想成地獄入口，生平第一次了解世界下層是怎麼回事。他從路邊起身。

然後他說：「沒錯，可是你可以避開這些洞，」露出他祖父最恨的頑固神情，「這是我的故鄉。」

赫德先生很洩氣，只喃喃地說：「你等著瞧。」兩人繼續往前走，又走了兩段街，再向左轉；他猜自己是繞著圓頂走。沒錯，半小時後，他們又經過車站前面。剛開始尼爾森沒注意到他看的是相同的店，不過當他們又經過那家腳擱在板子上讓黑人擦鞋的店，他發覺他們在繞圈子。

「我們來過這兒。」他大叫：「我不信你知道路。」

「我只是一下搞錯方向。」赫德先生說。他們轉到另一條街，他還是不想離開圓頂太遠；走了兩段街，他又往左轉，這條街上都是兩層或三層的木造房子，走在人行道上就看得見屋內的情形。赫德先生從一扇窗望進去，看到一個女人躺在鐵床上看著外面，身上蓋了條被單，她臉上一種心照不宣的表情讓他心頭一震。一個逞兇鬥狠模樣的男孩突然騎著腳踏車不知從哪冒出來，他只好閃到一邊以免被撞。「他們不在乎撞倒你，你最好緊跟著我。」他說。

他們就這樣走了好一陣子才想起要轉彎，現在經過的房子都是沒上油漆的，木頭看起來破爛，街道也變窄了。尼爾森看到一個黑人，又一個，然後又一個。「這裡頭住的都是黑鬼。」他觀察到。

赫德先生說：「好了，走吧，我們到別處去，我們不是來看黑鬼的。」他們轉到另一條街，可是依然觸目皆是黑人。尼爾森開始起雞皮疙瘩，他們加快腳步，想盡快離開這一區。一些房子門內站著穿內衣的黑人男子，鬆塌的門廊前黑人女子坐在搖椅上，在水溝裡玩的黑人小孩停下來盯著他們。稍後他們經過裡面有黑人顧客的成排商店，他們沒有停下來看。黑臉孔上的黑眼睛從四面八方注視他們。「沒錯，這是你出生的地方，就是這兒，有這些黑人的地方。」赫德先生說。

尼爾森吼了一聲：「我覺得你讓我們迷了路。」

赫德先生急忙四下尋找圓頂，但連個影子都沒有。「我沒帶迷路，你只是走累了。」

「我不是累，我餓了，給我一塊餅乾。」尼爾森說。

他們發覺午餐弄丟了。

「紙袋是你拿的，讓我拿就不會掉。」尼爾森說。

「如果你想發號施令，我就一個人走，把你留在這兒。」赫德先生說完得意地看著孩子臉色發白。不過他知道他們迷路了，而且離車站愈來愈遠。他自己也餓了，且開始覺得渴，自從他們進入黑人區，兩人都開始冒汗。尼爾森很不習慣穿鞋，混凝土人行道又硬。他們都想找個地方坐下，但在這兒不行，只好一直走下去。孩子邊喘氣邊埋怨：「你丟了午餐袋，現在又迷了路。」赫德先生則不時吼道：「誰想說他出生在這個黑鬼天堂都隨他。」

太陽這會兒已在遠遠的天邊，飯菜香陣陣飄來，黑人們都站在門口看他們走過。「你爲什麼不去找個黑人問路？是你害我們迷路的。」尼爾森說。

「這是你出生的地方，你可以自己去問。」赫德先生說。

尼爾森對黑人心存畏懼，而且他不想被黑人小孩取笑。他看到正前方有個高大的黑女人靠在對著人行道的門上，她的頭髮直豎，有四吋高，棕色雙腳在腳掌兩側變成粉紅色，身上的粉紅色洋裝使她身材畢露，他們走到她面前時，她慵懶地舉手搔頭，手指消失在頭髮中。

尼爾森停下腳步，覺得自己在那女人的暗色眼睛注視下喘不過氣。「要怎樣才能回到城裡？」他的聲音不像他自己。

過了一會兒她說：「你現在就在城裡。」她的聲音渾厚低沉，尼爾森感覺像有杜涼水噴到身上。

「怎麼回火車站？」他的聲音依然分岔。

「你可以搭車。」她說。

他這才明白原來她在開他玩笑，可是他已經累得皺不起眉頭。他站著將她的每一個細節納入眼簾；他的目光從她的巨膝游移到前額，又順著大三角從頸間的發光汗珠往下移，掃到大胸脯，再沿裸臂回到她隱在髮中的手指。他突然希望她俯下身拉他到懷裡，想感受她的氣息呼在他臉上，想讓她愈抱愈緊，垂下眼一直望進她眼底。他從來沒有這種感覺，彷彿自己沿著一條漆黑隧道不斷旋轉下墜。

「往前走一條街就有車搭到車站，甜心。」她說。

如果不是赫德先生一把拉走他，尼爾森會垮在她腳邊。「你一副丟了魂的樣子。」老人吼道。

他們趕忙順著街道走下去，尼爾森沒有回頭看那女人，他扯低帽沿遮住早因羞愧而發紅的臉頰。車窗上看到的訕笑鬼臉和沿路上種種不祥的預感都重現心頭。他想起體重計給的紙片上說要小心黑人女子，還說他的祖父正直勇敢。他握住老人的手，表現出少見的依賴。

他們一直走到電車軌旁，一輛黃色長形電車正嘎嘎駛來。赫德先生沒搭過街車，他眼睜睜看車開走。尼爾森沒作聲，有好幾次他的嘴唇輕顫，可是他祖父有自己的煩惱而沒注意他。他倆佇立街角，不看過往的黑人，這些黑人和白人一樣忙碌來去，不過大多數都停下來瞄尼爾森和赫德先生一眼。赫德先生想到，街車是在軌上跑的，他們只須順著車軌走就行了。他輕推尼爾森，跟他解釋打算沿車軌走到火車站，他們就出發了。

不久，他們總算又看到白人，兩人都鬆了口氣。尼爾森背抵著一棟建築物的牆，往人行道坐下去：「我得喘口氣。你丟了紙袋，又迷了路，總可以等我休息一下。」

「車軌就在前面，只要順著走下去就到了。紙袋我該記得，你也該記得，這可是你的故鄉，你這趟是第二次進城，你該知道怎麼做。」赫德先生蹲下去，嘴裡繼續發牢騷。孩子沒回話，只脫下鞋舒緩一下痛得像火燒的雙腳。

「還像猩猩一樣站在那兒傻笑，讓一個黑女人告訴你怎麼走，老天。」赫德先生說。

「我只說我在這裡出生，」孩子顫聲說：「我沒說會不會喜歡這兒。我從沒說過要來，我只說我在這出生，那又不是我的錯。我要回家，我本來就不想來，都是你出的好主意。你又怎麼知道順著車軌沒走錯方向?」

赫德先生也想到這點。「這裡都是白人。」他說。

「我們沒走過這裡。」尼爾森說。這一帶都是磚房，像有人住，又像沒有，幾輛空車沿著人行道停著。偶爾有一、二人經過。人行道的熱氣透進尼爾森的薄外套裡，他的眼皮開始往下垂，過了幾分鐘頭也往前傾，肩膀抽了一、兩下，整個人倒向一邊，筋疲力盡地睡著了。

赫德先生靜靜看著他；他自己也很累，但不能兩人都睡著，他反正也睡不著，因爲他不知道自己身在何處。等會兒尼爾森醒來，精神和傲氣恢復了，又會開始數落他丟紙袋和迷路。如果我不見了，你會很慘。如此想著，赫德先生有了另一個念頭，他注視著他睡著的身軀好一會兒，最後站了起來。他合理化自己將做的事：有時候得讓小孩得一次難忘的教訓，尤其這個小孩不斷以傲慢態度重申他的地位。他悄悄走到二十呎外的角落，找了巷內一只有蓋的垃圾桶坐上去，從這兒他可以看到外面，看著尼爾森獨自醒來。

孩子打著瞌睡，隱約感到模糊的嘈雜聲和黑影從他身上的暗處走入亮光。睡夢中，他的臉抽動，雙膝抬到顎下。太陽在狹窄的街道投下呆板的光線；每樣東西看來就是它原來的樣子。赫德先生老猴似地拱著背在垃圾桶蓋上待了一會兒。他想如果尼爾森不快點醒來，他就踢桶子吵醒他。他看看錶，發現已經兩點了。他們的火車六點開，他不敢想像趕不上火車的下場，他用腳後跟踢桶子，空洞的震耳聲迴盪巷中。

尼爾森大叫一聲跳起來，看看祖父該在的地方，然後愣在那兒。他轉了幾圈，然後頭向後仰，抬起腳像匹發狂的小野馬沿街往下衝。赫德先生跳下桶子拔足追過去，可是孩子已經跑不見了。他看到一抹灰影消失在一條街外的斜前方。他拚命跑，到每條街口左右張望，仍不見孩子的人影。他飛也似地跑到第三條街口時瞧見半條街外的一幕景象，他煞住腳步，低下身子躲到一只垃圾桶後觀看，想先弄清楚情況。

尼爾森兩腿敞開坐在地上，旁邊有個老婦人在尖叫，人行道上雜貨散落一地。一群女人圍上來準備主持正義，赫德先生清楚聽到老婦人大喊：「你弄斷了我的腳踝，你爸爸要負責賠償，一分都不能少，警察！警察！」幾個圍觀的女人猛揪尼爾森的肩膀，孩子似乎暈得站不起來。

某種力量驅使赫德先生從垃圾桶後走出來，但只小步小步挪動。他這輩子沒面對過警察，那群女人圍住尼爾森，彷彿會突然撲上去把他撕成碎片。老婦人不停叫嚷她腳踝斷了，要警察來。赫德先生慢得像走一步退一步似的，他走到約十呎外時，尼爾森一瞧見他就跳起來，抱住他的臀部，緊貼著他。

女人們一齊把目標轉向赫德先生，受傷的老婦人坐起身大喊：「你這位先生，我醫生帳單的每一分錢得由你付，都是你的孩子害的，他是個少年犯，警官在哪？記下這個人的姓名和地址。」

赫德先生用力甩開尼爾森緊掐著他後腿的手指；老人的頭已像烏龜似地縮到衣領裡，眼中閃著戒慎恐懼。

「你的孩子弄斷了我的腳踝，」老婦人叫道：「警察！」

赫德先生感覺到警察由他身後接近，他直直盯著這些女人像堅固的圍牆般堵住他的去路。「這不是我的孩子，我從沒見過他。」他說。

他感覺尼爾森的手指鬆開他的肉。

女人們向後退，驚恐地瞪著他，彷彿對一個否認自己骨肉的人厭惡得不屑對付。赫德先生穿過她們靜靜讓出的路往前走，把尼爾森拋在後面；他眼前只浮現一條曾是街道的空洞隧道。

孩子站在原地低著頭，兩手垂在身側，帽子壓在頭上緊得褶痕都沒了。受傷的女人站起來對他揮揮拳，其他女人同情地看著他，但對這一切他渾然不覺。警察根本沒出現。

過了一會兒，他開始機械式地移動腳步，毫不費力地趕上他祖父，但只在他後面二十步遠跟著。他們就這樣一前一後走過五個街口。赫德先生垮著肩膀，頭垂得從後面都看不到，他不敢回頭。但最後還是帶著一絲希望越過肩膀瞄了一眼，看到身後二十步處兩道銳利目光如乾草叉般射進他的背。

這孩子不容易原諒人，不過這是赫德先生第一次有事需要原諒，他從沒讓自己蒙羞。又過了兩個街口，他轉身極力表現快活地高聲說：「我們喝點可口可樂吧。」

尼爾森以從未有過的尊嚴姿態轉過身背對他祖父站著。

赫德先生開始感到他恨意之深。他們繼續走，赫德先生臉上全是凹陷和皺紋，他對所經之處視而不見，只察覺他們跟丟了電車軌。黃昏將至，卻不見圓頂的蹤影，他知道如果回到城裡時天已黑，他們會挨揍或被搶。他能預期自己面對上帝的公理，但無法忍受他的罪惡牽連到尼爾森，甚至可能此刻自己正引導孩子步向毀滅。

他們一個街口一個街口地沿著無盡的成排小磚房走下去，直到赫德先生差點被一塊草地邊六吋高的水龍頭絆倒。從大清早到現在他一口水都沒喝，可是他覺得自己現在已不夠資格喝。然後他想到尼爾森會口渴，他們一起喝，兩人就會和好。他蹲下去，嘴湊近管口讓一股涼水流入喉嚨，接著他不自然地高喊：「過來喝點水。」

這次孩子瞪了他幾乎六十秒，赫德先生站起身踉蹌往前走，彷彿剛喝下毒藥。尼爾森自從在火車上用紙杯喝了些水後就沒沾過水，但他卻從水龍頭旁走過，不願在他祖父喝過的地方喝。赫德先生明白這點後完全絕望了。在漸暗的暮色中，他的臉像被拋棄的斷坦殘壁。他可以感覺到孩子隱隱的恨意一步步跟在後面，他知道（如果奇蹟出現，他們沒在城裡被謀殺的話）這輩子都會這樣下去。他知道他正邁入一個陌生而黑暗的地方，他前所未見的地方，漫長而不受尊敬的老年，終結將會令人盼望，因爲那會結束一切。

尼爾森已把祖父的背叛凍結了，彷彿想完好地保存到最後審判之時。他兩眼直視前方走著，嘴巴偶爾抽動一下，因爲心裡深處覺得有個黑暗神祕的形體浮現，似乎想藉著一絲熱情溶化他冰冷的心境。

太陽落在一排房子後面，不知不覺，他們走入一片優雅的城郊住宅區。這裡的大廈跟前面的街道隔著草坪，上頭還有鳥兒棲憩的水盆。他們走了幾條街，連隻狗也沒遇上，一片空寂。白色房屋遠望像半浮半沉的冰山；這裡沒有人行道，只有無止盡荒謬地繞來繞去的車道。尼爾森毫無移近赫德先生的意思。老人覺得，如果現在看到下水道入口，他會一頭栽進去，讓自己被沖走，他能想像孩子在一邊冷冷地看他消失。

一聲狗吠喚回他的思緒，他抬頭看到一個胖男子帶著兩條牛頭犬走近，他像船難落到荒島上的人般揮動雙臂。「我迷路了，」他大叫：「我迷路了，找不到路回去。我和這孩子得去趕火車，可是我找不到車站。噢，老天，我迷路了，噢，幫幫我，老天，我迷路了。」

穿著高爾夫球褲的禿頭男子問他要搭的是哪班火車。赫德先生掏出車票，手抖得幾乎拿不穩，尼爾森走到十五呎外佇立看著。

「嗯，」胖男人還他車票時說：「你來不及回城搭這班車了，不過你可以在市郊那站搭上，離這裡三個街口。」他開始說明該怎麼去。

赫德先生瞪大眼彷彿慢慢又活了過來。男人說完，帶著在腳邊蹦蹦跳跳的狗走了。赫德先生轉身喘著氣對尼爾森說：「我們要回家了。」

孩子站在約十呎外，灰帽下的臉毫無血色，眼神透著勝利的冷漠，眼睛無光，沒有感覺，沒有關切，他小小的身影只是站在那兒等著。家對他毫無意義了。

赫德先生慢慢轉回身子。他覺得他現在了解沒有四季的時光是什麼樣子，沒有光的熱和沒有救贖的人是什麼滋味了。他不在乎是否能趕上火車，如果不是有樣東西像沉聚暮色中的叫喊般突然喚起他的注意力，他會連還有車站要去都忘了。

他沿街走了不到五百碼，看見一座黑人石膏像坐在草坪上的黃磚矮牆上俯著身子；黑人的身材跟尼爾森差不多，顫巍巍地傾斜著，因爲黏接他和牆身的油灰裂了。他手中拿著一片黃西瓜，一隻眼睛是全白的。

赫德先生靜靜地注視他，尼爾森也在不遠處停下。當兩人一起站在那兒，赫德先生吸口氣說：「一個人造黑鬼。」

人造黑鬼模樣太可憐了，看不出是年輕還是年老，他應該看來很快樂的，因爲他的嘴角往上牽，可是破眼珠和傾斜角度使他有種瘋狂的可憐模樣。

「一個人造黑鬼。」尼爾森也說，聲調跟赫德先生一模一樣。

兩人站在那，脖子前伸的角度一樣，肩膀的線條相同，雙手一模一樣地插在口袋裡抖索著。赫德先生像個老小孩；尼爾森則像個小老人。他們就這樣瞪著人造黑鬼，彷彿面對某種偉大的奧祕，某種別人的勝利標誌將他們在共同失敗中拉在一起，他們可以感覺到它慈悲地融化了彼此的分歧。赫德先生從不知慈悲的滋味，因爲他一直好得無須嘗試，不過他覺得現在他知道了。他看著尼爾森，明白他必須對孩子說些話，表示他依然睿智，在孩子的回視中，他看到對這種肯定的渴望。尼爾森的眼神似乎懇求他解釋眼前所見，以及關於所有生命存在的奧祕。

赫德先生啓唇準備發表偉大的談話，卻聽到自己說：「他們這裡眞黑人不夠多，只好造個假的。」

過了一秒，孩子點點頭，不自然地牽牽嘴角說：「我們回家吧，免得又迷路了。」

他們到市郊那站時，火車剛好滑進車站，他們一起上了車。在火車抵達聯軌站十分鐘前，他們走到門邊準備萬一火車不停就跳車。然而火車停了，同時光華的月亮躍出一朵雲後，將月光傾瀉空地。他們下車時，鼠尾草在銀色光影中輕輕搖曳，腳下的煤渣閃著清新的黑光，圍在聯軌站四周的樹梢就像花園的護牆，色澤比天空稍暗；天空中吊著巨大的白色雲朵，像燈籠一樣亮。

赫德先生靜靜佇立，再次感到慈悲觸上心頭，不過這次他知道世上沒有任何言語足以形容。他知道它由痛苦而生，任何人都能獲得，並以奇特的方式賦予兒童。他知道這是人死後唯一能帶到造物者面前的東西，他突然羞愧得兩頰發燙，他能帶的只有這麼一點點。他驚恐地站著，以上帝的鉅細靡遺審判自己，慈悲如火焰般蓋住他的驕傲，將之燒盡。他從不認為自己是大罪人，而現在他明白以前是自己藏起邪惡以免自己失望。他明瞭從開天闢地起他的罪就一直受到寬恕，從他內心犯下亞當之罪，到現在的拒認尼爾森。他現在知道再可怕的罪都能承認，上帝的愛和祂的寬恕是等量多的，他覺得此刻他已準備好進天堂了。

尼爾森在帽下的陰影中疲憊又疑懼地注視著他。但當火車滑過他們身邊，像受驚的蛇般消失在樹林中，連尼爾森的臉都亮了起來，他低聲說：「我很高興走了這一趟，不過我再也不會回去了。」

火中之圈

有些時候最遠的那排樹像堵比天色稍暗的灰藍硬牆，這天下午它卻近乎黑色，後方的天空則是亮眼的青白色。「你知道那個靠鐵肺把孩子生下來的女人吧？」普理查德太太說，她和孩子的媽正在窗子下面說話，孩子從窗口向下看。普理查德太太倚著煙囪，兩手橫疊在肚子上，一隻腳曲著，腳趾朝下。她是個高大的婦人，有張尖臉和一雙不斷搜尋的眼睛。考伯太太剛好相反，瘦小的身子配上大圓臉，鏡片後的黑眼睜得老大，好像一直處在受驚嚇的狀態。她蹲在地上拔房子四周的硬草，兩人頭上都戴了草帽，兩頂本來一模一樣，現在普理查德太太的那頂褪色變形了，但考伯太太的依舊挺直亮綠。

「我讀過關於她的事情。」考伯太太說。

「她娘家姓普理查德，後來嫁給姓布魯金斯的，算起來是我的親戚，大概是第七或第八房表親。」

「呃，嗯。」考伯太太應了兩聲，把手中一大叢硬草狠狠拋到身後，似乎把雜草和硬草看成魔鬼派來破壞這地方的惡煞。

「因爲她是親戚，我們去看了她的屍體，」普理查德太太又說：「也看了小孩。」

考伯太太一聲不吭，她習慣了這些悲慘故事，她都聽累了。普理查德太太則願意跑三十哩去看任何人安息。考伯太太不斷轉移話題到一些愉快的事，可是孩子看得出來這麼做只讓普理查德太太不高興。

孩子覺得空白的天空好像在推擠著樹牆，想衝破它，近處的樹林像是灰色和黃綠色夾雜的補丁。考伯太太一直擔心她的樹林會起火，每當風大的夜晚，她會對孩子說：「老天，拜託別有火災，今天風眞大。」孩子會從書本後低噥一聲或根本不答話，因爲聽了太多次。夏天夜晚當她們坐在門廊上，考伯太太會對正抓緊最後一絲天光讀書的孩子說：「起來看看日落，好燦爛呢，妳應該起來看看。」小孩會不發一語低吼一聲，或者抬起頭掃視草地，頂多再看一眼前方草原上的灰藍樹排，然後面無表情地繼續讀書。有時沒好心地嘟噥：「好像著火了，妳最好起來聞聞，看是不是樹林起火了。」

「她在棺材裡還摟著孩子呢。」普理查德太太繼續說，不過她的聲音被曳引機的聲音淹沒了。黑人柯佛將它從穀倉開出來，後面拉著四輪車，另一個黑人坐在後面，上下顚簸，腳離地一呎晃著。那個開曳引機的經過閘門朝左邊的空地開去。

考伯太太轉頭看到他沒穿過閘門，因爲他懶得下來打開，他繞了一大段路，浪費她的油錢。「叫他停住，過來。」她大聲喊道。

普理查德太太站直身子拚命揮舞手臂，可他假裝沒聽到，她大步走到草地旁尖聲喊道：「下車，我告訴你，她要找你。」

他下車朝煙囪走來，每走一步頭和肩膀都向前伸，假裝趕著過來。他的頭塞在一頂有著深淺不同污痕的白布帽裡，帽緣向下垂，遮住大半張臉，只露出滿布血絲雙眼以下的下半張臉。

考伯太太跪在地上用小鏟子戳地：「你爲什麼不從柵門走？」她問完閉上眼，抿著嘴似乎準備聽到任何荒謬的回答。

「那樣就得把割草機的刀葉抬高。」他看著她左邊說，她的黑人和雜草一樣具破壞性和不近人情。

她睜開眼，眼珠瞪得快掉出眼眶了：「那就抬高啊。」她用小鏟子指著對面的路說。

他拔腿走開。

「他們一點也不在乎，他們沒有責任感，謝謝老天這些事沒有一塊來，不然我就完了。」

「是啊，他們是那樣。」普理查德太太在曳引機的聲音中大喊著。黑人打開閘門，抬高刀葉開出去，車子慢慢消失在田野中，噪音愈來愈小。「我就是想不透她怎麼會裝著鐵肺還懷孕。」她回到正常的音量。

考伯太太彎著腰，又開始猛力地挖除硬草。「我們有很多事值得感謝，每天妳都應該感恩祈禱，妳有沒有？」

「有啊，」普理查德太太回答：「看看她，懷孕前已經戴了四個月；如果是我面對其中一個狀況，我肯定放棄……妳覺得……」

「我每天都獻上感恩禱告，想想我們擁有的一切，老天，」考伯太太嘆了口氣：「我們什麼都有了。」她轉頭看她豐綠的草地和林木茂盛的山丘，然後搖搖頭，彷彿想甩掉背上的重擔。

普理查德太太注視著樹林：「我只擁有四顆膿腫的牙齒。」

「妳要感激上蒼沒給妳五顆，」考伯太太手一扭又弄出一叢草。「來一陣颶風，我們就全完了，我總能找到些值得感謝的事。」

普理查德太太拿起屋邊的鋤頭剷除煙囪上兩塊磚間的一株野草。「我想『妳』是如此。」她聲音中帶著輕蔑的鼻音。

「唉，想想那些可憐的歐洲人，像牛群一樣被裝在車廂裡運到西伯利亞，老天，」考伯太太又說：「我們眞該每天都跪在地上感謝主。」

「如果我裝了鐵肺，有很多事我才不幹呢。」普理查德太太拿鋤頭的一端搔搔腳踝。

「即便是那可憐的女人也有很多事值得感恩。」考伯太太說。

「她應該感謝老天當時沒讓她死掉。」

「當然。」考伯太太應道，她用小鏟子指著普理查德太太說：「我的地方是全國照料得最好的，妳知道爲什麼嗎？因爲我花了心血，我努力工作照顧它、維護它。」她頓著劊子強調每一個字：「我不讓任何事阻撓我，我也不去惹麻煩，反正兵來將擋，水來土淹。」

「有的時候麻煩會一次來。」普理查德太太說。

「麻煩不會一次來的。」考伯太太惡狠狠地說。

孩子可以看到遠處土路與公路的交會處；她看到一輛卡車在大門口停下，車上下來三個男孩，他們走上粉紅色的土路，三個人排成一行，中間那個斜著肩膀，提著一個豬形提箱。

「哼，如果眞有這麼一天，妳只能甩著手在一旁乾著急。」普理查德太太說。

考伯太太沒應聲，普理查德太太盤著手看向路的盡頭，彷彿輕易就能看見這些漂亮的山丘夷爲平地。她看到三個男孩幾乎要來到門前的小徑了：「看那兒，妳看他們是什麼人？」

但他們似乎只打算從屋旁穿行而過。提箱子的現在走在前頭，到了離她約四呎遠時，他終於停住，放下箱子。三個男孩長得有點像，只不過中等體型的那位戴了一副銀邊眼鏡，提著箱子。他一隻眼睛有點斜視，以致目光像從兩個方向投來，包圍了她們。他穿著一件印了艘驅逐艦的褪色長袖衫，可是單薄的胸膛使驅逐艦像是從中折斷，快沉下去似的。他汗溼的頭髮貼著前額，看來十三歲左右。三個男孩目光炯炯地盯著她。男孩說：「我想妳大概不記得我了，考伯太太。」

「你看起來很面熟，」她仔細打量著他低聲說：「讓我想想……」

「我爸以前在這兒工作過。」他提示。

「柏伊德？你爸爸是柏伊德先生，你是傑西？」她說

「不是，我是老二包威爾，不過我長大了很多，我爸也死了。」

「死了，怎麼可能。」考伯太太的口氣像是死亡永遠是件不尋常的事，「他怎麼死的？」

包威爾的一隻眼睛像把整個地方掃視了一圈，包括房子、後面的白色水塔、雞舍、兩旁的草坪，一直到樹林前排的樹。他的另一隻眼盯著她。「他在佛羅里達死的。」他開始踢著提箱。

「怎麼可能。」她喃喃地說，過了一會兒才又開口：「你媽現在怎麼樣？」

「又瘋了。」他一直看著踢箱子的腳。另外兩個男孩不耐地盯著她。

「那你們現在住哪裡？」她問。

「亞特蘭大，妳知道的，那地方的公寓區。」

「原來如此，」過了一會兒她又重複：「原來如此。」最後問：「那這兩位是誰？」

她對他們微笑。

「他是嘉菲爾・史密斯，他是W・T・哈普。」他頭往後先點向比較高壯的，再來是比較矮小的那位。

考伯太太說：「你們這幾位男孩好嗎？這位是普理查德太太。普理查德先生和他太太在這裡工作。」

他們沒理會普理查德太太。她豆大的眼直盯著他們看。三個人就站在那兒等著，看著考伯太太。

「嗯，」她目光落在箱子上：「你們眞客氣，還停下來看我，實在太客氣了。」

包威爾的目光像把火鉗般掐住她，粗聲說：「回來看看妳現在怎麼樣。」

「聽著，」最小的男孩說：「他一直說這地方有多好，說這裡什麼都有，這裡有馬，說他在這裡度過一生中最快樂的時光，一天到晚說個不停。」

「臭嘴沒閉上過地說。」大男孩悶聲說，手臂掃過鼻前像是想把這些話蓋住。

「他一直談他在這兒騎的馬，」小個子繼續說：「還說可以讓我們騎，說那匹馬叫傑尼。」

考伯太太總擔心有人在這土地上發生意外而控告她，讓她賠上全部財產。「牠們都沒鑲上馬蹄，」她連忙說：「是有一匹叫傑尼，不過已經死了，我看你們是不能騎馬了，免得受傷，這些馬很危險。」她連珠砲地說。

大個子男孩哼了一聲，往地上一坐，開始用手指掏出網球鞋裡的小石子。小個子男孩轉過頭東看西看，包威爾沉默地用目光盯住她。

過了一會兒，小男孩說：「呃，女士，妳知道他有一次怎麼說的嗎？他說他死了以後要回到這裡來呢。」

考伯太太愣了一下，接著臉紅起來，一種痛苦的表情爬上她的臉，她突然明白：這些孩子肚子餓了。他們這樣盯著她是因爲他們餓了。她一口氣幾乎噴到他們臉上，很快地問他們要不要吃點什麼。他們說好，可是臉上表情鎮定，不帶滿足，絲毫不顯愉悅。他們看來像已經習慣挨餓，且不關她的事。

樓上的孩子興奮得兩頰發紅。她跪在窗邊，只讓眼睛和額頭露出窗台。考伯太太要男孩繞到屋子另一邊去，那裡有些戶外折疊椅可坐。她領路，普理查德太太跟在後面。孩子從房子右側的臥房，穿過走廊移到左側的臥房，從那俯視房子另一側。草坪上擺了三張白色折疊椅，一張紅色吊床掛在兩棵榛果樹之間。她是個蒼白的十二歲胖女孩，喜歡皺眉瞇眼，一張大嘴裡都是銀色矯正器。她挨著窗邊跪下。

三個男孩繞過屋角，大個子把自己往吊床上一拋，點燃一根菸；小個子往草地上一躺，頭枕著黑皮箱；包威爾坐在一張椅子邊緣，好像想一眼就把整個地方包圍。孩子聽到她母親和普理查德太太在廚房裡悄聲說話，就起身到走廊倚著欄杆看。

考伯太太和普理查德太太的腳在後門的門廊上對站著。「這些可憐的孩子肚子餓了。」考伯太太低聲說。

「妳看到那只皮箱沒有？」普理查德太太問：「要是他們想在這兒過夜怎麼辦？」

考伯太太微微一震：「我可不能留他們，這裡只有我和莎莉・維吉妮亞，我相信他們吃飽就會走了。」

「我只知道他們帶了個皮箱。」普理查德太太說。

孩子急忙趕回窗邊。大個子男孩敞佯在吊床上，兩隻手枕在頭下，嘴裡叼了根菸。考伯太太端著一盤餅乾從屋角繞過來時，他剛好往上一吐，菸蒂畫出一道弧線落地。她急煞住腳，像看到一條蛇被丟到面前：「火燒林！請你快把它撿起來，我很怕火災。」

「上帝的林子，」小個子男孩忿忿不平地喊：「那是上帝的林子！」

大個子一句話也沒說，起身把菸蒂撈起來放進口袋，背對著她檢視前臂上的心形刺青。普理查德太太一手提著三瓶可口可樂走過來，遞給每個男孩一瓶。

「我記得這地方的一切。」包威爾看著瓶口說。

「你們離開以後去了哪裡？」考伯太太問，一邊把那盤餅乾放在他椅子的扶手上。

他看著盤子，沒動手拿。他說：「我記得一匹馬叫傑尼，另一匹叫喬治。我們去了佛羅里達，然後如你所知，我爸死了，於是我們去投靠我姊姊。然後，又如你所知，我媽瘋了，之後我們就一直待在那裡。」

「這裡有些餅乾。」考伯太太在他對面的椅子坐下。

「他不喜歡亞特蘭大。」小男孩說，坐直身子，面無表情地拿了一塊餅乾。「他待在哪裡都不滿意，除了這裡。我告訴妳他怎樣，女士，我們在打球，在那種地方我們只能打球，他會停下來說，該死，那裡有匹馬叫傑尼，如果現在牠在這，我就騎著牠把這面水泥牆衝破到地獄去。」

「我相信柏伊德不會用那種字眼，是不是，包威爾？」考伯太太說。

「是的，女士。」包威爾別過頭去，似乎在聽樹林裡的馬聲。

「我不喜歡這種餅乾。」小男孩把餅乾放回盤裡，站起身來。

考伯太太在椅子上不安地動了一下：「原來你們住在公寓區。」

「你只能靠聞的才找得到自己的公寓。」小男孩搶著說：「它們都是四層樓高，一共十棟，一棟連過一棟。我們去看馬吧。」

包威爾投機的眼神投向考伯太太：「我們想借妳的穀倉過一夜，我叔叔用卡車載我們到這，明天早上他會再來接我們。」

有半湊她未發一語，窗邊的孩子心想：她會從椅子上衝出去一頭撞在樹幹上。

「呃，你們恐怕不能睡那兒，」她說著突然站起來，「穀倉裡堆滿乾草，我怕你們的香菸會引起火災。」

「我們不會抽的。」他說。

「恐怕你們還是不能在這裡過夜。」她又重申，像是客氣地和一名歹徒交談。

「那，我們可以在樹林裡紮營。」小男孩說：「我們自己帶了毯子，皮箱裡裝的就是，走吧。」

「樹林裡？不行、不行，樹林現在很乾，我不能讓別人在我的林子裡抽菸，你們得在空地上紮營，就在屋子旁邊，那裡沒有樹。」

「那她就可以監視你們。」孩子屏著氣小聲說。

「她的樹林。」大個子男孩喃喃說著，從吊床上翻下來。

「我們睡空地。」包威爾說，但似乎不是對她說，「今天下午我打算帶他們四處看看。」另外兩人已經走了，他站起來追上去，剩下這兩個女人坐在皮箱兩側。

「一聲謝謝也沒有，什麼都沒有。」普理查德太太批評道。

「我們給的食物他們只拿來玩。」考伯太太難過地說。

普理查德太太說他們也許不喜歡這種「無酒精」的飲料。

「他們想必只是『看起來』很餓。」考伯太太說。

黃昏時，他們從樹林再度出現，髒兮兮又一身汗地走到屋後的門廊上討水喝。他們沒要東西吃，可是考伯太太看得出來他們想吃。「我只有一些冷的珠雞肉，你們要不要來點珠雞肉和三明治？」

「我才不要吃珠雞這種禿頭動物。我可以吃肉雞，吃火雞，絕不吃珠雞。」小男孩說。

「珠雞連狗都不吃。」大男孩說。他把襯衫脫了塞進後面褲腰，像條尾巴一樣，考伯太太小心地別過臉去。小男孩手臂上有道傷口。

「我叫你們別去騎馬，你們沒騎吧？」她疑心地問，他們異口同聲地喊：「沒有，女士。」高聲熱切得像鄉村教堂做禮拜時的「阿門」。

她進屋爲他們做三明治，從廚房裡和他們說話，問他們各自的爸爸是做什麼的，有幾個兄弟姊妹，在哪裡唸書。他們的回答短促，互推著肩膀嘻笑，似乎這些問題有著她不知道的含意。「你們學校裡是男老師還是女老師？」

「都有，有的你分不出來是男是女。」大男孩語帶嘲弄。

「你母親在做事嗎，包威爾？」她很快地問。

「她問你媽有沒有在工作啦。」小男孩高喊：「他滿腦子都是那幾匹他只想看看的馬。他媽在工廠裡工作，把其他小孩交給他管，不過他不怎麼照顧他們。我告訴妳，女士，有一次他把他弟弟鎖在一個箱子裡，然後放火燒。」

「我相信包威爾不會做這種事。」她端著一盤三明治走出來放在台階上，他們一下就清光了。她拿起盤子，站定看著在他們面前落下的夕陽，腫脹火紅的太陽幾乎低垂到樹排頂梢，掛在碎雲織成的網裡，彷彿隨時都可能燒穿雲網墜到樹林裡。孩子從樓上的窗口看到她打了個冷顫，兩手抱住腰。「我們有這麼多值得感恩的事。」她突然以既悲哀又驚歎的語氣說：「你們這些孩子有沒有每晚感謝上帝爲你們所做的一切？你們有沒有爲那一切謝謝祂？」

他們立刻靜了下來，失去胃口般地嚼著三明治。

「有沒有啊？」她追問道。

他們靜得像躲起來的賊，默默咀嚼，一點聲音也沒有。

「算了，至少我是有的。」她最後說，然後轉身進屋，孩子看到他們的肩膀往下一鬆。大個男孩伸伸四肢，像把自己從陷阱中放出來。夕陽急速燃燒，似乎想點燃舉目所及的一切。白色水塔被染成一片粉紅，草綠得像玻璃般不自然。孩子突然把頭伸出窗外大聲呼：「啊啊啊——」，斜著眼、拚命吐舌，做出要嘔吐的樣子。

大男孩抬頭瞪著她。「老天，」他吼道：「又一個女人。」

她從窗口退開，背貼牆站，眼睛瞇得像剛被打了一巴掌卻看不到誰動手似的。他們一離開台階，她就下來廚房，考伯太太正在洗盤子。「如果那個大個子被我抓住的話，我會把他揍得半死。」她說。

「妳離那些男孩子遠一點。」考伯太太猛地轉過身說：「淑女不會把人揍得半死，妳別去招惹他們，他們明天早上就走了。」

可是到了早上他們還是沒走。

她早餐後走到屋外門廊上時，他們站在後門旁踢著台階，聞著她早餐的培根味。「咦，孩子，我以爲你們要去和你們的叔叔會合。」他們臉上又是那種硬梆梆的飢餓表情，昨天她爲此而心疼，但今天她隱隱有被惹火的感覺。

大男孩馬上轉過身，小的那個蹲下去玩沙。「我們沒去。」包威爾說。

大男孩稍稍轉回頭，剛好瞄到她一點點：「我們又沒麻煩妳什麼。」

他看不到她睜大雙眼，不過他注意到她意味深長的一陣沉默。過了一會兒她用另外一種口氣說：「你們要不要吃點早餐？」

「我們自己帶了很多食物，我們不要妳的任何東西。」大男孩說。

她盯著包威爾，他瘦削的蒼白臉龐似乎迎向她，可是沒真正看著她。「你們知道我很高興你們來，可是我希望你們能守規矩，希望你們有紳士風度。」

他們站在那兒，各自看著不同方向，似乎在等她走開。「畢竟，」她突然高聲說：「這是我家。」

大男孩發出一聲含糊的叫喊，他們轉身朝穀倉走去，留下她一臉驚愕，像是半夜裡被探照燈掃到似的。

不久，普理查德太太走過來，站在廚房門口，臉頰貼著門框。「我想妳大概已經曉得他們昨天騎馬騎了一下午，從鞍房偷了一副轡繩，沒上鞍就這樣騎，賀利斯看到了。他昨晚九點把他們從穀倉趕出來，今天早上又把他們從牛奶房趕出來，他們嘴上一圈牛奶，像是直接從牛奶缸裡喝。」

「我不容許這種事。」考伯太太站在洗碗槽邊，兩手握拳扠在腰上，「我不容許這種事。」表情和拔硬草時一樣。

「妳拿他們一點辦法也沒有，我猜他們會在這裡待上一星期左右，直到學校開學。他們大概想過個鄉村假期，妳根本沒法子的，只能等在旁邊看。」普理查德太太說。

「我不會放任不管的，叫普理查德先生把馬牽到馬房去。」考伯太太說。

「他已經牽去了。一個十三歲男孩壞起來可不輸給年紀大他一倍的男人，你猜不到他心裡打什麼主意，你永遠沒法知道他下一個歪腦筋會動到哪裡。今天早上賀利斯看到他們在牛欄後面，大個子男孩問他有沒有地方可以把身上洗乾淨，賀利斯說沒有，又說妳不喜歡男孩子在妳的樹林裡亂丟菸蒂。他回了一句：『樹林又不是她的。』賀利斯說：『樹林是她的。』然後小個子說：『拜託，樹林是上帝的，包括她也是。』然後那個戴眼鏡的說：『我猜這地方上面的天空也是她的。』小個子接著說：『她的天空，連飛機都要她的允許才能飛過。』然後大個子說：『我沒看過一個地方有這麼多該死的女人，你怎麼受得了？』賀利斯說他聽夠了他們的胡扯，沒回答就轉身走開。」

「我要去告訴那些男孩他們可以搭牛奶車離開這裡。」考伯太太說完從後門出去，留下普理查德太太和孩子兩人在廚房。

「聽我說，我有更快的方法收拾他們。」孩子說。

「哦？」普理查德太太斜了她一眼低聲說：「妳要怎樣收拾他們？」

孩子雙手緊握，擠出一張扭曲的臉，像正在掐死什麼人。

「他們才會讓妳吃不完兜著走呢。」普理查德太太語帶滿足地說。

孩子回到樓上窗邊，往下看著母親從男孩那邊走回來。三個男孩蹲在水塔下，從一個餅乾盒裡拿出東西吃。她聽到母親進了廚房門說：「他們說他們會搭牛奶車走，難怪他們不餓，他們皮箱裡塞了滿大半箱的食物。」

「八成都是偷來的。」普埋查德太太說。

牛奶車來時，三個男孩躲得不見人影；等車子一走，三張臉就從牛犢棚頂的洞口往外看。「妳能拿他們怎麼樣？」考伯太太兩手按臀站在樓上的窗口說：「不是我不歡迎他們，而是看看他們那種態度。」

「妳從來就沒喜歡過誰的態度，我去告訴他們，他們有五分鐘時間離開這裡。」孩子說。

「妳別給我靠近那幾個男孩子，聽到沒有？」考伯太太說。

「爲什麼？」孩子問。

「我要去和他們好好談談。」考伯太太說。

孩子站到剛剛她母親的位置，過了幾分鐘，她看到那頂直挺的綠帽在陽光下閃耀，她母親穿過泥路往牛犢棚走去。三張臉孔馬上從洞口消失，大個子男孩跑過空地，另外兩個緊跟而去。普理查德太太從屋裡出來，兩個女人往男孩們沒入的樹叢走去。不一會兒，兩頂草帽消失在林中，男孩們又從樹林左邊出來，慢慢溜過草地進入另一片林子。考伯太太和普理查德太太趕到草地時，只剩一片空盪，她們只好再回屋裡來。

考伯太太進屋後不久，普理查德太太往屋子這邊跑來，嘴裡高聲嚷著：「他們把公牛放出來了！」她大喊：「公牛都放出來了！」牛就跟在她後面，黑色的身軀悠閒地漫步，腳邊有四隻嘶叫的鵝。如果不被追趕，牠是不會使性子的，普理查德太太和兩個黑人花了半個鐘頭才把牠弄回牛欄去。他們幾個忙著趕牛時，男孩們把三輛曳引機的油都放乾了，又再溜到樹林裡。

考伯太太額頭兩側各浮出一條青筋，普理查德太太滿意地看著。「我告訴過妳，妳拿他們一點辦法也沒有。」

考伯太太匆匆用過晚餐，渾然不覺草帽還在頭上。她每聽到聲響就跳起來。普理查德太太晚餐一吃完就趕過來說：「怎樣，妳想不想知道他們現在在哪啊？」她的笑意帶著全知的滿足。

「我現在就要知道。」考伯太太像要開始作戰了。

「在路口，正對著妳的郵箱丟石頭，」普理查德太太舒服地靠在門上說：「差不多要把它打倒了。」

「上車。」考伯太太說。

孩子也坐進車子，三個人開到大門口。男孩們坐在公路對面的欄杆上，隔著公路拿石頭瞄準郵箱。考伯太太把車子停在幾乎是他們的正下方，從車窗往上看出去。三個男孩盯著她看，彷彿不曾見過她似的。大男孩陰沉地盯著，小男孩眼睛閃閃發光，臉上沒有笑容，包威爾隔著鏡片茫然注視身上的驅逐艦圖案。

「包威爾，我相信你母親會為你感到慚愧。」她停下來等這句話發生效用。他的臉似乎扭曲了一下，但他的目光依舊穿透她，一片茫然。

「我已經忍耐得夠久了，我一直試著對你們好，我對你們不好嗎？」她說。

他們如同三座塑像，只有大個子嘴唇稍微動了動說：「我們甚至不在妳那邊的路上，女士。」

「妳拿他們一點辦法也沒有。」普理查德太太大聲嘶叫。孩子在後座靠邊坐著，一臉怒容，不過她把頭遠離窗口，不讓他們看到她。

考伯太太一個字一個字慢慢說：「我認為我對你們夠好的了，我請了你們兩頓。現在我要進城去，如果我回來時你們還在這裡，我就要叫警長來。」她說完開車離去。孩子很快轉過頭，從後車窗看出去，他們還在那兒沒動，連頭都沒轉一下。

「妳把他們惹惱了，不知道他們會做出什麼事來。」普理查德太太說。

「我們回來時他們一定已經走了。」考伯太太說。

普理查德太太無法忍受高潮結束，她不時要嚐嚐血腥滋味以保持內心的平衡。「我有一次遇見一個人，他太太被她好心領養的小孩毒死了。」他們從鎮上回來時，男孩們已經不在欄杆上，她說：「我寧願他們在，看得到人，至少知道他們在幹什麼。」

「胡說。」考伯太太低聲說：「我把他們嚇走了，現在我們可以忘了他們。」

「我才忘不了，他們的那只皮箱裡要是有把槍，我可一點都不驚訝。」普理查德太太說。

考伯太太對自己很能掌握普理查德太太的心態一向頗感自豪。當普理查德太太看到一些跡象和惡兆時，她就沉著地揭露它們虛構想像的眞面目，不過這天下午她的神經綳得緊緊的。她說：「我聽夠了，那些男孩走了，就是這樣。」

「哼，哼，我們等著瞧。」普理查德太太說。

這天餘下的下午一切平靜，可是晚餐時，普理查德過來說她聽到豬欄附近的樹叢裡有人高聲邪笑，是種卑鄙的邪笑，她聽到三次，親耳聽到，清清楚楚。

「我什麼都沒聽到。」考伯太太說。

「我想他們會等天黑以後才動手。」普理查德太太說。

晚上考伯太太和孩子在門廊上坐到快十點，什麼事也沒有，她們只聽到樹蛙的叫聲和一隻夜鷹從一個黑暗角落愈叫愈急。「他們眞的走了，可憐的孩子。」考伯太太開始對孩子說，她們應該心存感恩，因爲她們本來可能住在公寓區或黑人區，可能身上裝了鐵肺，或是像牛隻一樣被裝在車廂裡載走的歐洲人。然後，她開始用飽受驚嚇的語調作長禱，而孩子在一旁，集中注意力等待黑暗中突然傳來的尖叫，根本沒在聽禱告。

第二天早上還是沒有他們的人影。正值換季時節，樹排呈現硬花崗岩的藍色，一夜之間起了風，升起的太陽是蒼白的金色。即使是天氣的小變化都讓考伯太太感謝老天；可是季節一變，她又會為自己逃過不知名劫數的幸運幾乎害怕起來。和往日一樣，當一件事完結，而另一件起始之際，她有時會把注意力轉到孩子身上。這時候孩子在衣服外加了條工作褲，頭上戴了頂男人用的舊氈帽，壓得低低的，兩把手槍插在腰間繫的花面皮套裡，帽子緊得像是要把血色擠上她的臉，幾乎低至她的眼鏡架。考伯太太面帶悲劇表情地看著她：「妳為什麼打扮得像個白癡一樣？如果有人來了怎麼辦？妳什麼時候才會長大？妳到底會變成什麼樣子？我看妳這樣就想哭，有時候妳真像普理查德太太生的。」

「別管我。」孩子不耐煩地高聲說：「別管我，妳就不要管我，我不是妳。」她往樹林走去，一副要去偵察敵人的樣子。她頭向前伸，兩手各握著一把槍。

普理查德太太過來時不太高興，因為她沒有任何悲慘的事情可以報告。「今天我的臉很慘，」她不放過任何可以利用的東西，「這些牙齒，一顆顆痛得像腫瘡。」

孩子在樹林中疾走，腳下的落葉被壓出不祥的聲音。太陽上升了一點，不過像個白色的洞，彷彿是讓風從較暗的天空逃出的開口，樹梢在陽光的照耀中暗成黑色。「我會逮住你們的，我會把你們一個個逮住，揍得青一塊紫一塊。給我排好隊，排好！」她對一排有四個她高的松樹揮動一把槍；樹皮已經剝得精光。她一直走，邊走邊對自己低聲說話吼叫，有時用槍敲擊擋住去路的樹枝，有時停下扯掉黏上裙子的刺藤，嘴裡說：「別管我，我說了，別管我。」然後用手槍砸一下再繼續前進。

過了一會兒，她在一截殘幹旁坐下喘口氣，兩腳小心穩固地踩在地上，幾次抬起來又放下，狠狠壓入土中，像要把什麼碾碎在腳底似的。突然，她聽到一聲笑聲。

她坐起來，全身起了雞皮疙瘩。又一聲，她聽到水嘩聲；她直起身子，不知該往哪邊跑。她離這片樹林的盡頭不遠，後面是一片草地，她緩緩向草地靠過去，小心不弄出任何聲響。突然，她前面就是草地，三個男孩在不到二十呎遠，正在牛的水槽中洗澡，他們的衣服堆在水濺不到的黑皮箱上，水從水槽一邊往外流。大個子男孩站著，小個子試著爬上他的肩膀，包威爾坐著，隔著濺水的鏡片直視正前方。他沒注意另外那兩個人，從他的溼鏡片看出去，樹木一定就像綠色的瀑布。孩子半隱在一株松樹後，半邊臉貼著樹皮。

「我眞希望我住在這裡。」小個子男孩大叫，一面用膝蓋鉗著大個子的頭想保持平衡。

「我他媽的高興我不住在這裡。」大個子喘吁吁地說，跳起來想甩掉他。

包威爾動也不動，像僵屍從棺材裡坐起來似地盯著前方，渾然不覺另外兩個人在他後面。「如果這地方沒了，你就永遠不必再想它了。」他說。

「聽著。」大個子靜靜坐入水中，肩膀上還纏著小男孩，「這裡不是任何人的。」

「這裡是我們的。」小男孩說。

躲在樹後的孩子沒動。

包威爾跳出水槽開始跑，他繞著草地跑了一圈，彷彿有東西在後面追他。他第二次跑過水槽時，另外兩個跳出來一起跑，陽光在他們修長溼透的身體上閃耀。大個子跑得最快，他一路領先。他們繞了草地兩圈，終於倒在衣服旁，胸骨上下浮動。過了一會兒，大個子嘶聲說：「如果有機會，你們猜我會把這地方怎麼樣？」

「不知道，怎麼樣？」小個子坐起來注意聽。

「我會在這兒蓋座停車場，還是什麼的。」他喃喃地說。

他們穿上衣服，太陽在包威爾的眼鏡上映出兩個白點，蓋掉了他的眼睛。「我知道我們可以做什麼了。」他說著從口袋裡拿出一個小東西給他們看，他們坐在那呆看了一分鐘，然後包威爾一句不說地拎起皮箱。他們站起來，走過孩子身邊，進到離她不到十呎遠的樹林裡。孩子現在站得離樹遠些，一邊臉頰上浮著樹皮的紅印。

她呆呆看著他們停下把身上的火柴都收集起來，開始燒樹叢，嘴裡開始鬼吼鬼叫，搗打嘴巴，很快地她和他們之間的一條火線逐漸變寬。她看著火從矮樹叢往上燒，吞噬著樹幹最下方的枝椏。風將火焰往上送，男孩們大叫著消失在那後面。

她轉身想跑過草地，可是腳重得抬不起來，她站在那兒，內心湧上從沒感受過的心痛，不過最後她終於開始跑了。

考伯太太看到煙從樹林中升起飄過草地時，她和普理查德太太正在穀倉後的空地上，她大聲尖叫，普理查德太太指著路口，孩子正從那邊腳步沉重地跑來，嘴裡喊著：「媽媽，媽媽，他們要在這兒蓋個停車場！」

考伯太太開始尖聲叫喚黑人，普理查德太太回過神來，喊叫著沿路跑下去。普理查德先生從穀倉出來，兩個黑人停止往施肥機裡填肥料，拿了鏟子走向考伯太太。「快，快！」她喊：「開始往那兒蓋土！」他們看也不看她一眼，從她身旁經過，慢慢橫過草地往煙升起的地方走。她在他們後面跑，嘴裡高叫：「快，快，你們沒看到嗎？你們沒看到嗎？」

「火跑不掉的。」柯佛說。他們的肩膀稍前傾了一點，仍舊維持原來的步伐。

孩子跑到母親身邊仰頭盯著她的臉，彷彿從沒見過這張臉似的。那張臉上有著同樣新的苦痛，使得臉孔顯得蒼老，似乎可以是任何人的臉：黑人、歐洲人，或包威爾的臉。孩子猛地轉頭，越過黑人徐行的身影，她看到煙柱從花崗岩色的樹排中升起、擴大。她僵直地站著，遠方傳來幾聲狂喜的尖叫，彷彿先知正在燃燒的火爐中，在天使爲他們清出的圓圈中手舞足蹈。

遲來的一仗

薩虛將軍今年一百零四歲，他跟孫女莎莉・波克・薩虛一起住，她今年六十二歲。每天晚上她都跪地祈禱祖父能活到她學院畢業的時候。將軍才不在乎她畢不畢業，不過他從不懷疑自己能活著去參加。他已經太習慣活在世上，他想不出還會有別種情形。畢業典禮在他眼中並不好玩，即使是像她所說，他能穿著軍服坐在台上。她說會有一長串穿長袍的老師和學生，可是不管誰都比不上穿軍服的他。這點他很清楚，用不著她說，至於那串該死的行列，他們就是走到地獄再走回來，他也不會眨一下眼。他喜歡欣賞花車載著美洲小姐、黛托納海灘小姐和棉花皇后的遊行行列。遊行對他一點好處也沒有，一長串學校老師的行列在他想來就跟史泰克斯河一樣死氣沉沉。不過，他願意穿著軍服坐在台上讓他們看他。

莎莉．波克可不像他那麼有把握他能活到她畢業。過去五年中，他看不出有任何改變，可是她有種感覺：她會輸掉這場勝利，她常遇到這種情形。過去二十年中，她每年都參加暑修，因爲她開始教書時並沒有學位這種東西。她說，那個時候，每一件事都很正常，可是從她十六歲以後就沒一件事是正常的了。過去的二十個夏天，她在該休息的時候提了一只衣箱，冒著酷熱到州立範師學院上課。雖然她回來後完全不按所學的方法教書，這溫和的報復也不能滿足她的正義感。她要將軍參加她的畢業典禮，因爲她要讓他知道她代表的是什麼，或者如她所說：「她背後所承擔的一切」不是他們所擁有的。這個「他們」不專指任何人，只泛指所有將世界搞得天翻地覆，擾亂了高尚生活的暴發戶。

她打算在八月站上講台，將軍在她身後坐著輪椅。她打算頭抬得高高的，彷彿在說：「看看他！看看他！我的朋友，你們這些暴發戶！他代表古老傳統，他是代表傳統，光榮的正直老人！尊嚴！榮譽！勇氣！看看他！」有天夜晚她在睡夢中尖叫「看看他！看看他！」然後轉過頭發現他就在她身後，坐在輪椅上，表情悚然，除了一頂將軍帽，身上沒穿衣服。那晚，她醒來之後就不敢再繼續睡了。

將軍呢，如果不是她答應一定讓他坐在台上，他是絕不肯答應參加典禮的。只要坐的是台上，他都喜歡。他認爲自己仍然英俊。他能站起來時，足足有五呎四吋高，白髮齊肩。他不願戴假牙，因爲他認爲這樣外形反而比較突出。一旦穿上全副將軍服時，他知道沒人能與他相比。

這不是他在南北戰爭中穿的軍服。參加那場戰爭時他沒眞的當上將軍，可能當過步兵，他不記得了。實際上，他根本記不起那場戰爭了，它就像他的腳，萎縮地掛在身體末端，毫無感覺，上面蓋著莎莉．波克還是小女孩時鉤的藍灰毛毯。他不記得曾讓他失去一個兒子的美西戰爭，他甚至不記得他的兒子。歷史對他毫無用處，因爲他不想再碰到它。在他心裡，歷史跟隊伍有關，生命跟遊行有關，而他喜歡遊行。人們總問他記不記得這個或那個一長串關於過去的問題，就像可怕的黑色隊伍。只有一件過去的事對他有意義，他也願意談：就是十二年前他收到將軍的制服參加首演的事。

「我參加了他們在亞特蘭大的首演。」他會坐在前廊對來訪者說：「身邊都是漂亮女孩，那可不是地區性的，完全不是，聽著，那是全國性的大事，他們請了我去，是到台上去。那天可不是隨隨便便，每個參加的人都付十塊錢，還得穿禮服。我穿了這身軍服，一個漂亮女孩那天下午送到旅館房間給我的。」

「那是在旅館的一間套房裡面，當時我也在，爺爺。」莎莉．波克會眨著眼對來訪的客人說：「你才沒單獨跟什麼年輕女孩在旅館房間裡。」

「有，而且我知道該怎麼做。」老將軍會生氣地說，來訪的客人則會放聲大笑。「那是位加州好萊塢女孩。」他接著說：「她是從加州好萊塢來的，沒在照片上，在那裡，他們有那麼多漂亮女孩，不需要拍照；他們說拍照是有特別用途的，只有在頒發東西時才讓人拍照。他們也幫我跟她拍了一張，不，是跟兩個，一邊一個，我站中間，手攬著她們的腰，她們的腰跟五毛錢差不多粗。」

莎莉．波克會再插進來說：「是高維斯基先生送軍服給你的，老爹，他也給我一朵好精緻的肩花，眞的，我眞希望你能看到，它是用劍蘭花瓣做的，塗上金色，拼成一朵玫瑰的樣子，好精緻，我眞希望你能看到，它……」

「跟她的頭一樣大。」將軍會怒聲說：「是我在說，他們給我這套軍服，給我這把刀，他們說：『將軍，我們不要你跟我們打仗，我們只要你今晚被介紹時走上台回答幾個問題。你覺得你能做到嗎？』『認爲我能做到？！』我說：『聽著，你還沒出生我就在幹活了，』然後他們都大笑起來。」

「他是那次表演的明星。」莎莉．波克會說，可是她不太願意回想那場首演，因爲那天她的腳出了事，她爲那次表演特地買了件新衣，一襲長長的黑色縐紗晚禮服，佩上水晶鑽釦和開襟短上衣，另外還買了雙銀色便鞋，因爲本來要她跟他一起上台，怕他跌倒。每件事都安排好好的，差十分八點時一輛眞正的禮車來載他們去戲院。車子準時開到戲院門外的遮簷下，排在大明星、導演、作者、州長、市長和一些比較重要的明星後面。警察維持交通，紅絨繩把人們擋在一旁，所有無法前進的人看著他們下了禮車步入燈光，他們走到金色與紅色裝飾的休息室，一位戴著邦聯字帽，穿著短上衣的招待員帶他們到特別座。觀眾已經到了，一群民主邦聯的會員看到穿著軍服的將軍就鼓起掌來，引得大家都開始鼓掌。在他們之後又進來幾位名人，然後門一關，燈光熄了。

一位自稱代表電影業的波浪金髮年輕人出來開始介紹貴賓，每一位被介紹的就走上台說自己眞的很高興能躬逢這次盛會。將軍和他的孫女被排在第十六位，他被介紹爲南方邦聯的田納西．福林洛克．薩盧將軍，雖然莎莉．波克曾告訴高維斯基先生，他的名字是喬治．波克．薩盧，而且他只升到少校。她扶他從座位上站起來，心跳得好快，不知道自己能不能支撐下去。

老人沿走道慢慢地走上去，威嚴的白頭抬得很高，帽子按在心上，樂團輕輕奏起邦聯的戰歌，民主邦聯的會員同時起立，一直等他到台上才坐下。當莎莉．波克扶著他的手肘走到台中央時，樂團的樂聲大作，老人煞有其事的舉起顫抖的手昂然敬禮，保持立正姿勢直到最後一個音符結束。兩個戴邦聯軍帽、穿短衣的招待員在他們身後交叉舉著邦聯和聯邦的旗幟。

將軍站在聚光燈圈中央，莎莉．波克只被照到一部分，燈光在她的肩花、水晶鑽釦和揑著一只白手套和手帕的一隻手上留下奇異的月形亮影。留著波浪金髮的年輕人擠進光圈中說他眞高興今晚的盛會能請到曾在戰役中奮戰、流血的人，等一會兒，銀幕上將重現那場戰爭。「告訴我，將軍，」他問，「您今年幾歲？」

「九……九……十……十……二！」將軍高喊。

年輕人臉上一副「這大概是整晚最令人印象深刻的事」的表情。「各位女士先生，」他說：「讓我們給將軍最熱烈的掌聲！」掌聲立刻響起，年輕人用大拇指作了個手勢，要莎莉．波克帶老人回座，才能介紹下一位，可是將軍還沒完，他一動不動地站在光影中央，脖子往前伸，嘴微張著，殷切的灰色眼睛飲下人們的凝視和掌聲。他用手肘粗魯地推開孫女。「我能保持這麼年輕，」他尖聲說：「是因爲我看到所有漂亮女孩都親一親！」

這句話立刻引起如雷掌聲，就在此時，莎莉．波克低頭看到她的腳，她發現由於準備出門時太過興奮，她竟然忘了換鞋，兩隻棕色的女童軍淺口鞋從裙下突出來，她拉了將軍一把，幾乎是跑著下台。將軍很生氣，他還沒來得及說眞高興來參加這次盛會，回座位的路上，他盡可能大聲說：「我很高興跟這些美麗女孩來這參加首演！」可是另一位名人正由另一條走道上台，沒人注意他。片子放映時，他從頭睡到尾，不時在睡夢中憤恨地低喃。

在這之後，他的生活不甚有趣。他的腳現在已經完全不能動了，膝蓋像生鏽的鉸鏈，腎臟時好時壞，不過他的心仍固執地繼續跳動。過去和未來對他而言沒什麼不同，一個是已經忘了，一個是不記得的；他對死亡的概念比一隻貓清楚不了多少。每年的邦聯紀念日，他就被包裹起來借到大都會博物館，從一點到四點被放在一間有霉味的房間裡，跟滿屋的舊照片、舊制服、舊大砲和歷史文件一起展示，這些東西都很小心地放在玻璃櫃中，免得小孩用手亂摸。他穿著首演時的將軍服，皺著眉坐在繩子圍起的小方塊裡。看不出來他是活生生的人，除了他混濁的灰眼偶爾會動一下，可是有一次一個膽大的孩子摸了他的刀，他猛然伸臂把那隻手打掉。春天，一些老房子開放給人朝聖時，他被請去穿上軍服坐在明顯的角落增加氣氛。在這些場合中，他有時只瞪著參觀者，有時他則談論那次公演和那些美麗的女孩。

如果他在莎莉．波克畢業前死去，她也就不想活了。暑期上課一開始，她連能不能及格都還不知道，就告訴系主任說，她祖父，邦聯的田納西．福林洛克．薩盧將軍會來參加她的畢業典禮，說他一百零四歲了，說他心智仍然清楚。貴客總是受人歡迎，還可以坐在台上讓人介紹。她跟姪子約翰．衛斯禮．波克．薩盧講好，由他這位男童軍負責推將軍的輪椅。她覺得老人穿英挺的灰軍裝搭配男孩乾淨的卡其童軍服一定很好，舊的和新的，她滿意地想。他們會在她接受學位時在她身後的台上。

每件事幾乎都照她的計畫進行。暑假裡，她離家上課，將軍跟其他親戚住，他們會帶他和約翰．衛斯禮去參加畢業典禮。一個記者去他們下榻的旅館幫將軍拍照，莎莉．波克站他旁邊，約翰．衛斯禮站另一邊。曾跟美麗女孩拍過照的將軍覺得沒什麼。他根本忘了他要去參加什麼，不過他記得要穿上軍服佩上刀就是了。

畢業典禮這天早上，莎莉．波克必須跟初級教育系的學士一起排隊，她自己沒法帶他上台。不過金髮的十幾歲胖男孩約翰．衛斯禮一臉篤定地保證一切有他。她穿著學士服到旅館幫老人換上軍服，他像隻乾癟的蜘蛛那般單薄。「你不興奮嗎，爺爺？」她問。「我興奮死了！」

「把刀橫掛在我大腿上，該死的。」老人說：「這樣它看起來才夠亮。」

擺好刀，她退後幾步審視他。「你看起來眞棒。」她說。

「眞該死，」老人聲調不變地慢慢吐出這幾個字，似乎是對著自己的心跳說的。「每件事都該死。」

「好啦，好啦。」她說著開心地加入畢業生的行列。

畢業生在科學樓後面排隊，她在隊伍正開始前進時找到位置。前一天晚上她沒睡多少，當她睡著時，她夢到典禮正在進行，在睡夢中她喃喃地問：「看到他了嗎？看到他了嗎？」可是每次她都在回頭去看他時醒來。畢業生必須穿著黑色羊毛袍在大太陽下走三條街，她邊走邊想：如果有人覺得這學生隊伍很特別的話，他們該看看老將軍穿上英挺的灰軍裝，由乾乾淨淨的小男童軍昂然地推過講台，佩刀在陽光下閃耀。她猜想約翰．衛斯禮現在已經在後台幫老人作好準備了。

黑色的隊伍繞完兩條街，走到通往禮堂的主要人行道。來賓站在草地上指認他們認得的畢業生，男人把帽子往後推，擦擦額頭，女人輕拉肩膀的衣服，免得貼在背上。畢業生穿上厚重的長袍，彷彿最後一滴無知的汗珠正被蒸出。太陽點燃了汽車的擋泥板，又從建築物上反射出來，把人的目光從一個亮點引到另一個亮點。它將莎莉．波克的目光引到禮堂邊的大型紅色可口可樂販賣機上。她看到將軍停在那兒，頭頂著大太陽皺眉坐在輪椅上，頭上沒戴帽子，而約翰．衛斯禮屁股和半邊臉壓在紅色機器上喝可口可樂，上衣後襬拉得鬆鬆的。她離開隊伍跑過去搶掉瓶子，抓過男孩，把上衣塞進去，把帽子戴在老人頭上。「把他帶進去！」她指著建築物的邊門說。

將軍感覺頭頂上似乎有個洞不斷擴大。男孩推著他衝下走道，再衝上彎道，進到建築物中，又踉蹌通過舞台入口，來到指定的位置。將軍瞪著匯集的人頭和目光游移不停的無數雙眼睛。好幾個身穿黑袍的身影過來握握他的手。黑色隊伍從每條走道湧上，配合莊嚴的音樂在他前面形成水池。音樂似乎從小洞進入他頭內，有一剎那他以爲眼前的隊伍也想進去。

他不知這是什麼隊伍，不過覺得有點面熟，一定是他認得的，因爲它前來迎接他，可是他不喜歡黑色的隊伍。他生氣地想，來迎接他的隊伍應該是載著美麗女孩的遊行花車，就像那次首演前出現的花車。這隊伍大概又跟歷史有關，他對歷史沒興趣，那時發生的事對現在活著的人一點意義也沒有，而他現在正活著。

黑色隊伍都湧入黑色水池後，一個黑色身影站到前頭開始演講，那個身影講些跟歷史有關的事。將軍打定主意不去聽他，可是字不斷從頭上的小洞滲入裡面。他聽到自己的名字，他的輪椅被猛力往前推，男童軍深深一鞠躬，他們喊他的名字，而那個胖小鬼居然上前鞠躬。該死，老人想說，滾開，我自己站得起來！可是他沒來得及站起來鞠躬就被拉了回去。他猜他們的嘈雜聲是針對他而發，如果沒他的事了，他可不想再聽下去。如果不是因爲他頭頂上有小洞，這些字根本不會進去。他想用根指頭把洞堵起來，可是洞比他的手指寬，而且洞好像愈來愈深了。

黑影下去，又換了另一個黑袍上來說話，他又聽見自己的名字，不過不是在說他，還是在談歷史。「如果我們忘記過去，」那個人說：「我們就不會記得我們的未來，我們也就不會有未來。」將軍漸漸聽進這些話。他已經把歷史給忘了，不想再記起來。他已經忘了他太太的名字和臉孔，還有他孩子們的名字和臉孔，他甚至記不起他有沒有太太和孩子，他也忘了地方的名字，忘了地方，忘了在那些地方發生過的事。

他被頭上的洞搞得很不耐煩，他沒想到這次頭上會有個洞，都是那黑色慢調音樂弄的；雖然大半樂聲被擋在外面，還是有一點點在洞裡，愈滲愈深，在他的思緒中流動，使他聽見的字進到腦中的黑暗角落。他聽到一些字：奇克莫加之役、希羅之役、瓊斯頓將軍、李將軍，他知道他正在吸入這些對他毫無意義的字。他不知是否他曾參與奇克莫加之役或李是否當過將軍，然後他試著想像自己騎著馬跳上滿載美麗女孩的遊行花車，慢慢被帶過亞特蘭大鬧區。然而那些老舊字眼開始在他腦中騷動，似乎想掙脫出去、活起來。

演講者講完那場戰爭，開始講另一場，他的話就像黑色隊伍一樣，有點熟悉和討厭。將軍的頭裡有音樂聲像很長的手指伸入各個有字的角落，讓些許亮光照在字上，幫助它們活起來。那些字開始走向他，他說，該死！我才不要！他開始往後逃，然後他看到穿黑袍的身影坐下去，嘈雜聲響起，他面前的黑水池開始隨著黑色慢調樂聲從兩邊湧向他。他說：該死，停下來！我一次只能做一件事！他不能又要抵擋那些字，又要注意隊伍，而那些字來得很快。他覺得自己正往後退，那些字卻像步槍子彈般射來，沒打到他，但愈逼愈近。他轉身拚命跑，卻發現自己向著那些字跑去。他衝進一陣陣齊發的字，一遇上就急急咒罵。隨著音樂朝他擴漲，過去的一切不知從哪裡冒出來，對他張開了口。他覺得身上有上百處刺痛，整個人倒了下去，口中不斷以咒罵反擊每一個攻擊。他看到妻子的窄臉透過寬圓的金邊眼鏡苛責地注視他；他看到其中一個斜眼、禿頭的兒子；他母親一臉焦急地跑向他，然後一連串地方——奇克莫加、希羅、馬薩斯維爾——衝向他，彷彿過去是現有的唯一未來，他必須忍受它。突然他看到黑色隊伍幾乎快來到他眼前，他認出它，因爲在他一生中，它一直跟在後頭。他拚命想越過它看看過去的後面是什麼，他的手緊握著刀，直到刀刃觸及骨頭。

畢業生排成一長串走過台上接受他們的一卷卷證書並與校長握手。排在很後面的莎莉·波克走過台上時看到將軍直挺挺地坐在那兒，眼睛睜得很大，她轉向前，把頭抬高接過她的證書。典禮一結束，她走出禮堂站在太陽下找到她的親戚，他們一起坐在陰影中的長椅上等約翰·衛斯禮推老人出來。那個鬼靈精童子軍把他由後面出口蹦地推出，飛快衝下石板道，此刻正跟屍體一起在可口可樂販賣機旁排著長龍。

鄉下良民

除了個人獨處時的漠然表情，弗禮曼太太還有另外兩種表情——前進的和退縮的——用來應付所有的人際關係。前進的表情像大貨車般穩穩往前駛，眼睛不向右看，也不向左看，是隨情況而轉動，彷彿循著一條黃線上開。另一種表情她很少用，因爲她不常收回說過的話，不過當她收回時，她的臉完全靜止，黑眼珠悄悄移動，幾乎無法覺察，給人一種往後退的感覺；旁邊的人會看得出來，弗禮曼太太雖然像一袋袋往上堆放的穀物那般眞實，但心神已經不在那兒了。郝普威爾太太不敢奢望在這種時刻跟她說什麼，就是說破了嘴也沒用。弗禮曼太太絕不可能認錯，她會站著，如果能讓她開口，她只會說些像「呃，我不會說它是，也不會說它不是」一類的話，或者讓目光掃過擺著各種瓶罐的廚房頂架，嘴裡可能批評說：「你去年夏天存起來的無花果沒吃多少嘛！」

她利用在廚房吃早餐的時間處理最重要的事務。郝普威爾太太每天早上七點起床點燃她自己和裘伊的瓦斯暖爐。裘伊是她女兒，是個裝了隻假腿的高大金髮女孩。雖然她已經三十二歲且受過高等教育，但郝普威爾太太仍把她當孩子看。裘伊在她母親用早餐時起來，搖搖晃晃走進浴室，用力關上門。過了一會兒，弗禮曼太太會走到後門口，裘伊會聽到她母親大聲說：「進來吧，」接著她們低聲交談幾句，從浴室聽不清楚她們的對話。裘伊進去時，她們通常已經聊完天氣，開始談弗禮曼的女兒葛萊妮絲或卡拉美；裘伊則叫她們葛萊絲玲和卡拉美兒。紅髮的葛萊妮絲十八歲，有許多追求者，金髮的卡拉美只有十五歲，卻已經結婚而且懷孕了，她的胃受不了任何東西。弗禮曼太太每天早上都告訴郝普威爾太太她又吐了多少次。

郝普威爾太太喜歡跟人說葛萊妮絲和卡拉美是她所認識最優秀的兩個女孩，又說弗禮曼太太是位淑女，帶她去任何地方或把她介紹給任何人都不會不得體。然後她會說她當初爲什麼雇用弗禮曼一家，她們在她眼中又是如何的好，她爲何雇了他們四年。她雇用他們這麼久是因爲他們並非一無是處，他們是老實的鄉下人。她打電話給他們的推薦人，他告訴她，弗禮曼先生是個好農夫，可是他太太是世上最吵鬧的女人。「她什麼事都要插手，」那個人說：「如果灰塵落下時她還沒趕到，你可以打賭她一定是死了。妳的事她都要知道，她先生是大好人，」他說：「可是我和我太太連一分鐘都受不了她。」這番話讓郝普威爾太太猶豫了好幾天。

她最後還是用了他們，因爲沒有其他人來應徵。不過她已事先想好怎樣對付這女人。既然她什麼都想插手，那麼，郝普威爾太太決定，她不但讓她插手每件事，而且一定讓她什麼事都管，她把所有責任都託付給她。郝普威爾太太沒有缺點，但她懂得善用別人的缺點，因此從不覺得匱乏。她雇了他們，而且整整四年了。

沒有任何一件事是完美的，這是郝普威爾太太最喜歡的格言之一，另外一句是：這就是人生！另外一句，也是最重要的一句是：噯，人家也有人家的看法。她會以溫和堅定的語氣引述這些話，通常是在餐桌上，彷彿除她之外沒人遵奉這些名言。臉上通常只有怒容的大塊頭裘伊會瞪著她身側，眼裡是冰冷的藍色，像是一個憑著意志力使自己對一切事物視若無睹的人，並且有心永遠如此下去。

郝普威爾太太跟弗禮曼太太說，生活就是那麼一回事，弗禮曼太太會說：「我也總對自己這麼說。」沒有一件事她沒先遇過。她比弗禮曼先生手腳快。郝普威爾太太在他們待了一段日子後對她說：「你知道，你是輪子後面的輪子，」說完眨了眨眼。弗禮曼太太說：「我知道，我一向手腳比較快，有些人就是比其他人快。」

「每個人都不一樣，」郝普威爾太太說。

「是啊，大部分人彼此都不相同。」弗禮曼太太說。

「有各色各樣的人才叫做世界。」

「我自己就是這麼說的。」

女孩習慣了早餐時聽到這類對話，午餐時聽得更多。有的時候她們晚餐時也說。沒客人的時候，她們在廚房用餐，這樣比較方便。弗禮曼太太總能在她們用餐時過來看她們吃完；夏天她會站在門廊上，冬天她則把一隻手肘橫在冰箱上站著低頭看著她們，或是站在瓦斯暖爐旁，稍稍撩起後面裙角。偶爾她會靠牆站，兩頭轉來轉去。她從不急著離開，郝普威爾太太很受不了，不過她是個很有耐性的女人。她知道沒有任何事是完美的，郝普威爾一家是老實鄉下人，這個年頭，如果你請得到純樸的鄉下人，最好要緊緊抓牢人家。

她對一無是處的人很有經驗。還沒雇用弗禮曼一家之前，她平均每年換一家佃農。那些農夫的太太不值得長留。郝普威爾太太很久以前就跟丈夫離了婚，她需要有人跟她一起幹活。要裘伊做這些事，她總會說些不堪入耳的話，臉色非常難看。郝普威爾太太只得說：「如果妳不樂意，我絕不叫妳做。」女孩肩膀僵硬，頸子稍微前傾，挺直身子站著回答說：「如果你要我，我就在這兒，我就是這個樣。」

郝普威爾太太看在她腿的分上原諒她這種態度（裘伊十歲時，一條腿在一次打獵意外中被打斷了）。郝普威爾太太很難想像她女兒已經三十二歲，而且二十多年來只有一條腿。她仍把裘伊當成小孩，因為一想到她三十多歲卻從未跳過一步舞或享受過「正常」的快樂時光，作母親的心都碎了。她本來的名字是裘伊（Joy）（快樂之意），可是她二十一歲離家後就申請改名。郝普威爾太太敢說她一定是想了又想，最後取了個最醜的名字，然後也不告訴她媽一聲就去把那美麗的名字裘伊給改了。她的法定名字是賀爾嘉。

郝普威爾太太一想到「賀爾嘉」，就想到一艘戰艦寬大空盪的船殼。她絕不用它，她還是叫她裘伊，女孩則對這個稱呼反應冷淡。

賀爾嘉學會了容忍弗禮曼太太，因爲她讓她不必陪母親散步。甚至葛萊妮絲和卡拉美也有用處，因爲她們會轉移人們在她身上的注意力。最初她以爲會受不了弗禮曼太太，因爲她發現她無法對她粗聲粗氣。弗禮曼太太只會報以奇怪的憤恨眼神，有好幾天她會陰沉沉的，卻不明說她不快的原因。弗禮曼太太不會直接攻擊她或直截了當地瞪她，也不會當面給她難堪，但是，有一天弗禮曼太太突然開始叫她賀爾嘉。

她不當著郝普威爾太太的面叫，郝普威爾太太會發火，不過只有她和女孩一起在屋外時，她會說些話，最後加上「賀爾嘉」這名字。戴眼鏡的胖裘伊（賀爾嘉）就會皺起眉，紅了臉，彷彿隱私被人侵犯。她認爲名字是她自己的事。她當初取它完全是由於唸起來難聽，後來她突然發現這名字很適合她。她想像這名字像待在火爐裡冒汗的醜陋火神，而女神必須應召而到，她把這名字視爲她最傑出的創作。她的主要勝利之一是她母親不能把她的名字改成裘伊，而更大的勝利是她把它改成賀爾嘉。不過，弗禮曼太太喜歡用這名字卻惹惱了她。弗禮曼太太的鋼尖眼珠彷彿穿透她的臉觸及某些祕密。似乎她的某個地方使弗禮曼太太著了迷，有天賀爾嘉發現，原來是她的假腿。弗禮曼太太對隱疾、隱藏的殘缺和毆打兒童這類事有特殊偏好。疾病方面，她特別喜歡打聽久病不癒的情況。賀爾嘉曾聽到郝普威爾太太向她詳細描述那件打獵意外：她的腿怎樣被轟掉，以及她一直沒有失去意識的事。弗禮曼太太把它當成一小時前才發生的事，聽得津津有味。

賀爾嘉早晨踏進廚房時（她可以不弄出那種可怕聲音走路，可是她偏要，郝普威爾太太知道她是故意的，因爲那個聲音難聽），看了她們一眼，沒說話。郝普威爾太太穿著她的寬大紅色晨袍，頭髮蓬鬆地繞在頭上。她坐在餐桌旁就快吃完早餐；弗禮曼太太則是手肘朝外橫靠在冰箱上看著餐桌。賀爾嘉總是把她的蛋放到爐灶上煮，然後手臂交叉站著俯視它們。郝普威爾太太的眼睛對著她和弗禮曼太太之間，偷偷看她，心想如果她稍稍開朗些，就不至於這麼難看。一個愉快的表情就能讓她的臉改觀。郝普威爾太太說，凡事往光明面想的人即使長得不好，也會看起來很美。

每當她這樣瞧著裘伊時，她就忍不住想著，如果這孩子沒拿到博士學位，情況會好一點，這學位並沒帶給她任何好處。現在她既然已經拿到，就沒理由再回學校。郝普威爾太太覺得女孩上學玩玩不錯，但裘伊可是體驗得夠了。反正，她的體力也不容她再去了。醫生跟郝普威爾太太說，如果照顧得好，裘伊可以活到四十五歲，她的心臟很脆弱。裘伊曾明白表示，如果不是因爲這樣，她早就離開這些紅色山脈和鄉下老實人。她會在大學裡，對懂得她在講什麼的人講課。郝普威爾太太可以想像那種情景：她像個稻草人對著一些稻草人講課。在這裡，她整天穿著六年前做的裙子和印著褪色的牛仔騎馬圖樣長袖黃色運動衫到處跑。她覺得這樣很好玩，郝普威爾太太認爲這麼穿很蠢，顯示出她還是個孩子。她很聰明，但沒有一點常識。郝普威爾太太覺得她愈長愈不像其他人，而是愈像她自己——傲慢、粗魯、斜眼。她的話多奇怪！吃飯吃到一半，居然會站起來對著自己的母親毫無緣由地冒出一句：「女人！妳曾不曾省察自己的內在？妳曾不曾仔細瞧瞧自己的內在，看看妳是什麼東西？老天！」她臉色發紫哭著坐下瞪著自己的盤子，「梅爾布蘭契（Nicolas Malebranche）說得對：我們不是我們自己的明燈。我們不是我們自己的明燈！」郝普威爾太太直到今天還搞不清楚那是怎麼回事。她當時只回答，微笑從來不會傷人，她眞希望裘伊能聽進去。

女孩讀的是哲學博士學位，這讓郝普威爾太太不知所措。你可以說：「我女兒是個護士。」或「我女兒是個老師。」或甚至「我女兒是個化學工程師。」但你不能說：「女兒是個哲學家。」這種東西已經跟希臘人和羅馬人一起消失了。裘伊整天低著頭坐在高椅上唸書。有時候她會去散散步，可是她不喜歡狗、貓、鳥、花、大自然以及不錯的年輕人。她看著他們時，臉上的表情彷彿可以聞出他們的愚蠢似的。

有一天，郝普威爾太太撿起女孩擱著的一本書，她隨意一翻，看到：「從另一方面來說，科學必須重新辯明它的理性和嚴肅，表明它只與本質有關。虛無——它除了對科學是項恐怖和空想外還能是什麼？如果科學是對的，那麼有件事就是確切的：科學不想探究虛無。這畢竟是對虛無最科學的研究方式，經由不希望知道虛無而認識了虛無。」這些字下面用藍鉛筆劃了線，它們在郝普威爾太太讀來就像某種邪惡的鬼扯符咒，她立刻闔上書走出房間，覺得背脊似乎涼了起來。

這天早晨女孩走進廚房時，弗禮曼太太正在談卡拉美。「她晚餐後吐了四次，」她說：「半夜三點以後又起來吐了兩次。昨天她什麼也沒做，只是一直在衣櫃抽屜裡找來找去，看看能找到什麼。」

「她一定得吃點東西。」郝普威爾太太邊啜著咖啡邊喃喃地說，眼睛則看著爐子旁裘伊的背影。她一直在想裘伊跟聖經推銷員到底說了什麼，她猜不出她能跟他談什麼。

他是個沒戴帽子的高瘦年輕人，昨天下午上門來想推銷聖經。他站在門口，手裡提了個大黑提箱，箱子重得他得抓著門邊才能站直。他似乎快垮了，但仍語調輕快地說：「早安，西達斯太太！」然後把手提箱放在擦鞋墊上。他是個長相不難看的年輕人；穿著淺藍色西裝，黃色襪子鬆垮垮的。他有著突出的臉骨，一撮看來黏黏的棕髮橫在額頭上。

「我是郝普威爾太太。」她說。

「噢！」他裝出困惑的表情，眼睛卻炯炯發亮。「我看到郵箱上寫的是『西達斯』，所以以為妳是西達斯太太！」他愉快地笑起來，提起提箱，暗中喘了口氣，往前走進她的大廳，似乎是手提箱先動才拉著他前進。「郝普威爾太太！」他抓住她的手。「我希望妳很好！」說著他又笑了。然後他的表情突然嚴肅起來，止住笑意，急切地盯著她，「女士，我今天來是要談些嚴肅的事。」

「呃，進來吧。」她低聲說，心裡不是很高興，因為她的晚飯快做好了。他走進客廳，挨著一張椅子邊緣坐下，手提箱擺在兩腿之間，目光環過整個房間，彷彿想用這種方式圍住她。她的銀器在兩個餐具架上閃閃發光，她想他應該從沒到過如此雅致的房間。

「郝普威爾太太，」他開口了，語氣彷彿兩人很熟似的，「我知道妳相信基督。」

「呃，是啊。」她喃喃地說。

「我知道。」他停下來，偏著頭，一臉聰明樣，「妳是個好女人，有朋友告訴過我。」

郝普威爾太太從不喜歡被人當傻子耍，「你賣什麼？」她問道。

「聖經。」年輕人說，他瞄了房間四周一眼又加上一句，「我看得出來妳的客廳沒放一本家庭聖經，我知道妳正缺少一本！」

郝普威爾太太不能說：「我女兒是個無神論者，她不讓我在客廳裡擺聖經。」她有點僵硬地說：「我把聖經擺在床頭。」這不是眞話，聖經其實在閣樓的某個角落。

「女士。」他說：「上帝的箴言應該放在客廳裡。」

「呃，我想各人喜好不同。」她開口說：「我想……」

「女士，」他說：「對一位基督徒而言，上帝的箴言除了應該放在心裡之外，還應該放在每個房間裡。我知道妳是個基督徒，因爲我從妳臉上看得出來。」

她站起身說：「呃，年輕人，我不想買聖經，而且我聞到我的晚飯燒焦了。」

他沒站起來，雙手開始扭搓，還低下頭看，然後柔聲說：「呃，女士，我跟妳說眞話，現在沒多少人想買，而且我知道我很笨，我不會說話，我只是個鄉下孩子。」他往上看著她不太和善的臉孔。「像妳這樣的人不會喜歡跟我這樣的鄉下人打交道。」

「噯！」她大聲說：「鄉下老實人可是社會的中堅哦！況且，每個人做事的方式都不一樣，有各色各樣的人才叫世界，這就是人生！」

「妳說得對。」他說。

「我認爲這世上鄉下老實人還不夠多！」她激動地說：「我認爲這個世界的毛病就在這裡。」

他的臉亮了起來。「我還沒自我介紹。」他說：「我叫曼利．波英特，來自維勒荷貝附近的鄉下，那甚至說不上是個地方，只是某個地方附近。」

「你等一下。」她說：「我得去看看我的晚飯煮得怎麼樣了。」她走出客廳去廚房，卻發現裘伊一直站在門邊聽他們說話。

「把那個社會中堅打發走，」她說：「我們就可以開飯了。」

郝普威爾太太白了她一眼，把燉蔬菜的火轉小些。「我不能對別人無禮。」她低聲說完就回到客廳。

他已經打開手提箱，膝蓋上各放著一本聖經坐在那兒。

「你還是把它們收起來吧，」她對他說：「我不想要。」

「我很欣賞妳的誠實。」他說：「現在碰不到什麼眞正誠實的人了，除非你到鄉下去。」

「我知道。」她說：「眞正的老實人！」門那邊傳來噼啪聲，她還聽到一聲悶哼。

「我猜很多男孩曾告訴妳，說他們半工半讀唸大學。」他說：「但我不會跟妳說這種話。不知怎地，」他說：「我就是不想唸大學。我想把生命奉獻給基督教。妳知道，」他壓低聲音說：「我心臟不好，我可能活不了多久。當妳知道自己有病，可能活不了多久，呃，這時候，女士……」他停下來，張大嘴瞪著她。

他跟裘伊一樣！她知道自己眼裡滿是淚水，不過她很快鎮定下來低聲說：「你要不要留下吃晚飯？我們很歡迎你！」話一出口她就後悔了。

「好的，女士。」他不好意思地說：「我非常願意！」

裘伊只在介紹時看了他一下，整頓飯期間沒瞧過他一眼。他幾次跟她說話，她都假裝沒聽到。郝普威爾太太無法諒解這種刻意的無禮（雖然她天天都要面對），她覺得得用自己的好客來彌補裘伊的無禮。她鼓勵他談談自己，他談了。他說他在十二個孩子中排第七，說父親在他八歲那年被樹壓死。他被壓得很慘，幾乎壓成兩半，無法辨認。她母親拚命工作以維持家計，她一定要孩子去上主日學，每晚讀聖經。他今年十九歲，已經賣了四個月的聖經，目前賣出七十七本，另外有人訂了兩本。他想當傳教士，因爲他覺得這樣才能爲人們做最大的奉獻。「失去生命的人將找到他的生命。」他簡單地說，態度如此眞摯、坦然而熱切，郝普威爾太太一點也不敢笑。他用一片麵包擋住要滑到桌上的豌豆，再用那片麵包把盤子刷乾淨。她注意到裘伊用眼角瞄他，看他怎麼用刀叉，她也注意到他每隔幾分鐘就向女孩投去一個銳利的讚賞眼神，彷彿想引起她的注意。

吃完晚餐，裘伊把碗盤收乾淨後就不見了，留下郝普威爾太太跟他說話。他又對她談起童年生活、父親的意外、和經歷過的許多事。她大約每分鐘就要伸手壓下一次呵欠。他坐了兩小時，直到她說自己必須出門，因爲跟人約了在鎮上見面。他收拾好聖經，謝過她，然後準備告辭，可是走到大廳時，他停下來握住她的手說，他一路上從未遇過像她這樣好心的女士，又說他可否再來拜訪她，她說隨時歡迎。

裘伊站在門外的大路上，正看著遠處什麼東西的樣子。他步下門階走向她，身體歪向沉重提箱那邊，走到她站的地方停下面對她。郝普威爾太太聽不到他說的話，不過她一想到裘伊可能對他說的話，就不禁打起冷顫。她看到裘伊過了一會兒說了些話，接著那男孩又開口說話，還用空著的一隻手做出興奮的手勢，過了一下裘伊又說了幾句，男孩也說了些話；郝普威爾太太驚訝地看著兩人一起朝大門走，裘伊一直陪他走到大門邊。郝普威爾太太實在想不出他們彼此說了些什麼，她也不敢問。

弗禮曼太太要她全神貫注地聽。她已經從冰箱邊移到暖氣旁邊，郝普威爾太太只好轉頭面對她才能假裝正專心聽著。「葛萊妮絲昨晚又跟哈維．希爾出去了，」她說：「她得了麥粒腫。」

「希爾，」郝普威爾太太心不在焉地說：「是在修車廠做事那個？」

「不，是去上脊椎指壓治療課程那個。」弗禮曼太太說：「她得了麥粒腫有兩天了，她說那晚他帶她出去時說，『我幫妳把麥粒腫消掉。』她說：『怎麼消？』他說：『你只要橫躺在汽車座位上，我做給妳看。』所以她照做了，結果他用手壓她的脖子，一直壓到她叫他停手。今天早上，」弗禮曼太太說：「她的麥粒腫全消了，一個也沒有。」

「我從沒聽過這種事。」郝普威爾太太說。

「他要求她跟他到公證法官那兒結婚。」弗禮曼太太又說：「她說她才不在辦公室裡結婚。」

「嗯，葛萊妮絲是個好女孩。」郝普威爾太太說：「葛萊妮絲和卡拉美都是好女孩。」

「卡拉美說她和萊門結婚時，萊門說覺得那種儀式好神聖。他說就是給他五百塊錢，他也不要讓牧師證婚。」

「他說多少錢？」女孩站在爐邊問。

「他說就是五百也不要。」弗禮曼太太又說一遍。

「呃，我們還有工作要做呢。」郝普威爾太太說。

「萊門說他就是覺得好神聖，」弗禮曼太太說：「醫生要卡拉美吃李子，不要吃藥，說她的胃痙攣是壓力造成的。妳知道我認為壓力從哪來的嗎？」

「再過幾個星期她就會好一點了。」郝普威爾太太說。

「她穿直筒緊身衣，」弗禮曼太太說：「才會那麼難受。」

賀爾嘉把她的兩個蛋砰一聲放到茶碟上，還端了杯咖啡（裝得太滿了）來到桌旁，小心地坐下開始吃。萬一弗禮曼太太想走開，她要用問題把她絆住。她感覺母親正看著她，第一個拐彎抹角的問題是關於那個聖經推銷員，她不想現在就提。「他怎麼用手壓她脖子的？」

弗禮曼太太開始描述他怎麼用手壓葛萊妮絲的脖子。她說他有一輛五五年的福特水星汽車，可是葛萊妮絲說她寧願嫁個有輛三六年普里茅斯的人，而且希望由牧師證婚。女孩問，所以他有沒有三二年的普里茅斯，弗禮曼太太說，葛萊妮絲說的車是三六年的普里茅斯。

郝普威爾太太說，沒有多少女孩像葛萊妮絲這麼懂事。她說她最欣賞的就是女孩子的懂事，她說她想起昨天來了個善良的訪客，賣聖經的年輕人。「老天，」她說：「他煩死人了，可是他眞摯、坦誠到讓我沒法對他無禮。他就是鄉下老實人，妳知道的，」她說：「就是社會的中堅。」

「我看到他來，」弗禮曼太太說：「後來又看到他走，」賀爾嘉感覺得出她語氣有些變化，隱隱暗示他不是一個人走出去的，對不對？她臉上仍舊毫無表情，可是紅暈浮上脖子，她似乎把它跟一口蛋一起吞了下去。弗禮曼太太凝視著她，彷彿她們共同保有一個祕密。

「哎，有各色各樣的人才叫世界，」郝普威爾太太說：「還好我們都不一樣。」

「有些人比較相像。」弗禮曼太太說。

賀爾嘉起身蹬出去，聲音比平常大上一倍。她走回房鎖上門，打算十點鐘在大門口跟那個聖經推銷員碰面。她前一天晚上想了大半夜，她本來把它看成一個大笑話，後來又覺得其中含有深意。她躺在床上想像兩人的對話，表面聽起來有點瘋狂，不是一般聖經推銷員所能了解。他們昨天的談話就是這樣。

他停在她面前站著。臉孔瘦削、汗溼而明亮，臉中間是尖尖的鼻子，表情跟在餐桌上不同。他好奇而著迷地望著她，像小孩在動物園裡盯著一種新奇的動物，氣喘得像剛跑了一大段路才追上她。他的目光似乎有點熟悉，可是她想不起曾在哪兒被人這樣盯過。有幾秒鐘他一句話也沒說，然後吸了一口氣輕輕說：「妳有沒有吃過出生才兩天的雞？」

女孩呆呆瞪著他。這種問題簡直可以在一個哲學聯想討論會上提出。「吃過，」她隨即回答，彷彿已從各個角度衡量過這問題。

「它一定很小囉！」他得意地說，全身因緊張的咯咯低笑而顫抖，臉變得通紅，最後褪爲全然仰慕的凝視，女孩的表情絲毫沒變。

「妳多大？」他柔聲問。

她等了一下才淡淡回答，「十七。」

他的笑意像碎在小湖面的浪花陣陣湧上。「我注意到妳有條木腿，」他說：「我覺得妳很勇氣，我覺得妳很可愛。」

女孩毫無表情、呆若木雞地站在那兒。

「陪我走到大門那邊。」他說：「妳是個勇敢又可愛的小東西，妳一走進門我就喜歡上妳了。」

賀爾嘉開始移動腳步往前走。

「妳叫什麼名字？」他往下朝她頭頂笑著問。

「賀爾嘉。」她說。

「賀爾嘉。」他喃喃地說：「賀爾嘉，賀爾嘉，我以前沒遇到叫賀爾嘉的人。妳很害羞，對不對，賀爾嘉？」他問。

她點點頭，望著他紅紅的大手握著巨大箱子的提手。

「我喜歡戴眼鏡的女孩。」他說：「我想得很多，我不像那些腦袋裝不下嚴肅思想的人，因爲我隨時可能會死。」

「我也可能會死。」她突然抬起頭看他。他的眼睛很小，是棕色的，正興奮得發亮。

「聽我說，」他說：「妳不覺得有些人因爲彼此有共同點而註定相識？比如他們都習慣嚴肅地思考問題？」他把皮箱換到另一手上，空出靠近她那邊的手抓住她手肘搖了幾下。「我星期六不必工作，」他說：「我喜歡到樹林裡走走，看看大地之母穿些什麼。我喜歡爬山、遠足、野餐什麼的，我們能不能明天去野餐？說妳願意，賀爾嘉。」他說的時候一副將死的神情，彷彿內臟快掉出來似的，身體甚至稍微傾向她。

那天晚上她想像著她勾引他的情景。她想像兩人一直走到後面兩片林地再過去的貯藏屋，在那裡事情就這樣發生了。她很輕易地讓他上鉤，然後，當然，她必須考慮到他會後悔。眞正的大智者能將意念灌輸到較劣等的心靈中。她想像她將他的悔恨轉變成對生命的更深一層了解，她會將他所有的羞恥感化爲某種有用的東西。

她準十點往大門走去，小心避開郝普威爾太太的視線。她沒帶任何食物，她忘了野餐通常要帶食物。她穿了條寬鬆的長褲和一件骯髒的白襯衫，後來又想到在衣領上灑了點花露水，因爲她沒有香水。她走到大門邊時發現那裡一個人也沒有。

她往公路兩頭看看，心裡升起受騙的怒火。他只是拿這件事誘她陪他走到大門旁而已。突然，他從對面路基的樹叢中冒出來，微笑地揚起寬邊新帽子。他昨天沒戴帽子，不知是不是特別爲今天的出遊買的，帽子是吐司麵包色，上面有條紅白色帶子，顯得大了點。他從樹叢後走出來，手裡還提著那個黑箱子，身上仍是那套西裝和那雙走久了會往下溜的黃襪子，他越過公路時說：「我知道妳會來的！」

女孩心中酸酸地，奇怪他怎麼知道，她伸手指著黑箱問，「爲什麼帶你的聖經來？」

他抓住她的手肘一直笑，似乎停不下來。「妳永遠不知道什麼時候會需要上帝的箴言，賀爾嘉。」有一瞬間，她懷疑這件事眞的正在發生，接著他們開始越過路基往下經過草地往樹林去。他的箱子今天似乎不很重，手還搖來擺去。他們越過半片草地，什麼話也沒說。突然，他的手很自然地落在她背上，柔聲地問，「妳木腿接合的地方在哪裡？」她脹紅臉狠狠瞪他，他尷尬了一、兩秒鐘。「我不是有意刺傷妳。」他說：「我是想說妳很勇敢，我想上帝一定很眷顧妳。」

「沒有。」她正視前方抬腿快走，「我根本不信上帝。」

他停下腳步吹了聲口哨。「不！」他大叫，彷彿驚訝得說不出別的話了。

她繼續往前走，他一下跳到她身旁，拿著帽子搧呀搧。「這在女孩來講很不尋常，」他眼角瞟著她說。他們走到樹林外圍時，他又把手放在她背上，一把拉過來，一語不發地猛吻她。

這一吻的重壓感多於情感，它使女孩的腎上腺素產生了威力，這種力量使人能從燃燒的屋中扛出一只裝得滿滿的大箱子。不過這力量在這女孩身上卻隨即導入腦中。甚至在他放開她之前，她已經以清晰、孤離而嘲諷的心眼遠遠地、好笑地但又憐憫地看著他。她以前從未被吻過，她很高興發現這是個奇特的經驗，完全關乎於心智控制。如果人家說水溝水是伏特加酒，他就覺得水溝水很好喝。男孩帶著期待而不肯定的神情輕輕推開她，她轉身繼續往前走，什麼話也沒說，彷彿這種事對她而言再平常不過。

他氣喘吁吁地趕上來，想幫她跨過一截可能絆倒她的樹根。他抓住有刺的銳利長蔓向後拉讓她走過。她走前面，他跟在後面大口喘氣。他們走到一片灑滿陽光的山坡地，緩緩斜下到另一片較小的坡地，再過去，已能看到堆放多餘乾草的老穀倉的鐵鏽屋頂。

坡地上散布著小小的粉紅色野草。「那麼妳沒有得救？」他突然停下問道。

女孩笑了，這是她第一次對他笑。「在我的法則中，」她說：「我得救而你下地獄，不過我告訴過你，我不信上帝。」

男孩的愛慕神情似乎沒有受到任何破壞。他凝視她的樣子，彷彿眼前是動物園的新奇動物把爪子伸到欄外親熱地戳了他一下。她覺得他還想吻她，她在他有機會這麼做之前趕緊拔腿繼續走。

「有沒有什麼地方可以讓我們休息一下？」他低聲說，一個字比一個字輕柔。

「那個穀倉。」她說。

他們急急趕過去，惟恐它會像火車一樣滑走。這是座兩層樓的大穀倉，裡面陰陰涼涼。男孩指著通往上層的樓梯說：「眞可惜我們不能上去。」

「爲什麼不能？」她問。

「妳的腿。」他虔敬地說。

女孩瞪了他一眼，雙手扶著梯子爬上去，他站在下面看，顯然嚇呆了。她靈巧地把自己拉過梯口，然後看著下面的他說：「吶，如果想上來就來吧。」他開始爬，一手還笨拙地提著箱子。

「我們不會需要聖經的。」她說。

「難說。」他喘著氣應道，爬上來後，他調了一會息。她坐在一堆乾草中。一大片帶著浮塵的陽光斜照在她身上，她往後靠向一捆乾草，轉過臉從穀倉前方的開口往外看，乾草就是由車上從這個開口丟上來的。窗外兩片綴著粉紅的坡地後面是一片黑森林。天空一片冷青，沒有一片雲。男孩在她身旁坐下，一手伸到她身後，一手放在她身上，開始有條不紊地吻她的臉，還發出像魚的聲響。他沒脫帽，不過已把它往後推到不礙事的地方。她的眼鏡擋到他時，他替她摘下，放進自己的口袋裡。

女孩最初毫無反應，但是很快地，她開始回吻他的臉頰，吻了幾下後移到他唇上不斷地吻，彷彿想把他的氣全吸光。他的呼吸像小孩一樣清新甜美，他的親吻也像小孩一樣黏黏的。他喃喃地說他愛她，說當他第一眼看到她時就知道了，可是他的低喃像被媽媽哄小孩睡覺的嬌囈。她的心智直到此時仍未停止活動，也沒被感情戰勝。「妳還沒說妳愛我。」他最後輕聲說著挪開身子。「妳一定得說。」

她的目光遊梭在空茫的天空與山脊上的黑森林，再遊向更遠的兩片泛綠湖水，她不知道他取下了她的眼鏡，不過這景色對她而言並不奇特，因爲她很少仔細觀察四周環境。

「妳一定得說。」他又說：「妳一定得說妳愛我。」

她表白時總是很謹慎。「從某方面來說，」她開口說：「如果你那個愛字的範圍很廣，你可以那麼說。不過我不用那個字，我沒有幻想，我是那種看透一切的人。」

男孩皺起眉頭，「妳一定得說，我說了，妳也要說。」他說。

女孩幾乎可說溫柔地看著他。「可憐的孩子，」她低聲說：「你不了解也好，」她抓住他低垂的頸子拉過來。「我們都要下地獄，」她說：「可是我們當中有些人取下了我們的眼罩，看到什麼都是空的，這是種救贖。」

男孩驚愕的雙眼茫然地從她的髮梢望出去。「好，」他幾乎哭叫著說：「可是妳到底愛不愛我？」

「愛。」她說，又加上一句，「從某方面來說。可是我得告訴你一件事，我們之間絕不能有任何欺騙。」她抬起他的臉直視他。「我三十歲了，」她說：「我有好幾個學位。」

男孩的表情憤慨而頑強。「我不在乎。」他說：「我不在乎妳做的一切，我只想知道妳到底愛不愛我？」他將她抓近，瘋狂吻她的臉直到她說：「愛，我愛。」

「那好，」他說著放開她。「證明給我看。」

她笑了，迷茫地看著外面晃動的景物，她試都不用試就勾引了他。「怎麼證明？」她問，心裡覺得應該拖延他一下。

他傾身，靠近她身邊。「讓我看看妳木腿的接合處。」他輕聲說。

女孩尖叫一聲，臉上馬上失去血色，嚇到她的不是這個提議的猥褻暗示。小時候她曾覺得羞恥，然而教育像手術刀切除癌細胞般已將這種感覺消弭得毫無痕跡，就如她不信聖經一樣，她不會對他的要求有一絲不安。可是她對假腿的敏感就像孔雀對牠的尾巴一樣，除她之外，沒人碰過它。她照顧它就像有的人照顧他的靈魂一樣，總是私下而且幾乎不去看它。「不。」她說。

「我就知道，」他坐起身喃喃地說：「妳只是在愚弄我。」

「不，不，」她喊道。「接合處是在膝蓋，只是在膝蓋上。你爲什麼想看？」

男孩深深望著她。「因爲，」他說：「那是使妳與眾不同的原因，妳跟任何人都不一樣。」

她坐在那瞪他，從她身上或她冷藍的圓眼看不出她深受感動。可是她覺得心臟不再跳動，讓她的心靈去輸送血液，她認爲這是她生平第一次面對純真。這男孩以超乎他智慧的直覺觸及她的眞我。過了一會兒，她沙啞地高聲說：「好吧。」彷彿完全向他投降，她失去的生命似乎又奇蹟般地在他身上找回來。

他極其溫柔地捲起寬鬆的褲管。套著白襪和棕色平底鞋的假腿，用一層厚帆布似的布料包住，尾端是個醜陋的接頭連著殘肢。男孩掀開時，虔敬地說：「現在做給我看它是怎麼裝上去和脫下來的。」

她脫給他看，再裝上去，他又自己動手把它卸下，溫柔地像對待眞腿一樣。「妳瞧，」他露出孩子般的愉快神情說：「現在我也會做了！」

「裝回去。」她說。她在想自己會跟他走，想著每天晚上他幫她把腿脫下，每天早上再把它裝回去。「裝回去。」她說。

「待會兒。」他低聲說著，把假腿直起來移到她搆不到之處。「暫時別管它，妳還有我。」

她驚恐地叫了一聲，但他推倒她，又開始吻她。沒了木腿，她覺得她只能完全依靠他，頭腦似乎不再思考，似乎轉而執行它並不熟練的職務。她臉上變換著不同表情，男孩不時回頭看木腿立著的地方，目光宛如鋼釘尖。最後，她推開他說：「現在裝回我身上。」

「等一下。」他說，他身體歪向另一邊把箱子拉過來，打開蓋子露出淡藍色的花色內裡，箱子裡只有兩本聖經。他拿出一本翻開封面，裡面是中空的，放了一小瓶威士忌，一副撲克牌和上面印字的藍色小盒。他把這些東西在她面前一一排好，彷彿在一座女神廟中擺置祭品。他把藍盒子放在她手中。「此產品只用於預防疾病」。她唸出上面的字後就丟到地上。男孩正在扭轉瓶蓋，他停下來，笑著指向那副牌，這是一副普通的撲克牌，不過每張後面都印了同樣的春宮圖。「喝一大口。」他說著先讓她喝。他把瓶子舉到她面前，可是她像被催眠似的動也不動。

她開口時聲音幾乎像在祈求。「你不是，」她喃喃地說：「你不是鄉下老實人嗎？」

男孩仰起頭，似乎開始明白她可能在侮辱他。「是啊，」他微噘著嘴說：「不過這一點影響也沒有，無論什麼時候我都不比妳差。」

「把我的腿給我。」她說。

他用腳把它推得更遠些。「別這樣，我們好好享受一下，」他哄勸地說：「我們彼此認識得還不夠呢！」

「把我的腿給我！」她大叫著想撲過去拿，他輕鬆地推倒她。

「妳怎麼突然變成這樣？」他問，皺著眉扭緊酒瓶蓋，迅速將瓶子放回聖經裡。「剛才妳說什麼都不信，我還以爲妳很特別。」

她的臉幾乎脹成紫色。「你是基督徒！」她嘶聲喊道，「你眞是個好基督徒！你就跟他們一樣，口是心非，你眞是完美的基督徒，你眞是……」

男孩抿起嘴。「我希望妳別以爲，」他憤慨地說：「我會聽信這些鬼話！我是賣聖經，可是我懂得保護自己，我並不笨，我知道自己要幹什麼！」

「把我的腿給我！」她尖叫道。他一下跳起來，快得她幾乎沒看到他把紙牌和藍盒子掃到聖經裡，又把聖經丟進箱子。她看著他把木腿抓過來甩進箱內，頭尾各靠著一本聖經。他砰一聲闔上蓋子，撂起來從梯口往下丟，自己也跟著下去。只剩頭露出梯口時他轉頭看她，臉上沒有一絲愛慕的神情。「我拿過很多有趣的東西，」他說：「有一次我就這樣拿走一個女人的玻璃眼珠。妳別想逮到我，因爲波英特不是我的眞名。我每拜訪一家就說一個假名，而且我在哪兒都不久待。我再告訴妳一件事，賀爾嘉，」他說話時似乎不把這名字放在眼裡，「妳沒那麼聰明。我出生後就沒相信過什麼事！」吐司色帽子消失在梯口。女孩一人坐在揚塵的陽光中，她一臉激動地轉向穀倉前口，看到他藍色的身影成功地掙扎出去來到斑波的綠湖邊。

在屋後草地上挖洋蔥的郝普威爾太太和弗禮曼太太稍後看到他從樹林出來，越過草地朝公路走去。「咦，那個人看起來很像昨天想賣我聖經那位文質彬彬的古板年輕人。」郝普威爾太太斜著眼邊看邊說：「他一定是到後面向那些黑人推銷聖經了。」她說：「他眞單純，我想如果我們都那麼單純的話，世界會變得比較好。」

弗禮曼太太凝視前方，在他消失在山下前瞥見他。她把目光轉回從地裡拔起的難聞洋蔥苗上。「有些人就無法那麼純眞，」她說：「我知道我自己就做不到。」

難民

1

孔雀跟著蕭特利太太爬上她打算佇立的小山頂。一個在前一個在後，像遊行隊伍。她雙手交抱胸前，踏上山頂，彷彿她是這片土地的巨大妻子，發現了危險徵兆而出來查明出了什麼事。她挺出兩條巨大的腿，帶著一座山的自信站定，往上是堅實如花崗岩的乳峰，再上去是兩盞冰藍的明燈，燈光直射前方、審視萬物。她不理會那裝成入侵者般躲在一朵破雲後面的午後太陽，只把目光停在下面公路分岔的紅泥路上。

孔雀就在她身後停住，尾巴貼近地面，在陽光下閃耀著金綠色和藍色的光彩。耀眼的色彩像飄浮的火車般由兩側瀉出，蘆葦般藍色長頸上的頭往後仰，彷彿正專心凝望遠方某件別人看不到的東西。

蕭特利太太看著一輛黑色車子從公路駛向大門。距離工具屋大約十五呎處，亞斯特和沙克兩個黑人放下手邊的工作也在看，他們被桑樹擋住了，可是蕭特利太太知道他們在那兒。

麥肯泰太太走下她屋前的台階迎接車子，她帶著最大的笑容；可是即使隔了這麼遠，蕭特利太太仍能察覺出笑容中帶著一絲緊張。來的這些人不過是像蕭特利一家或那些黑人一樣的雇工，可是這片土地的主人卻出來迎接他們，她居然穿上最好的衣服，戴了一串珠子，咧著嘴跳上前去。

車子跟她一樣在小路前停住，最先下車的是神父。他是個戴著白帽，穿著黑衣的長腿老人。他的衣領翻了過來，蕭特利太太知道那些想讓別人知道他們是神父的人都這麼穿。是這位神父安排這些人來的，他打開車子後門，兩個孩子跳出來，一個男孩，一個女孩，接著一個身穿棕色衣服，體型像花生似的女人慢慢踏出車門。然後前門打開，那個男人，那個難民，下了車。他身材短小，背有點凸，戴副金邊眼鏡。

蕭特利太太的目光先集中在他一人身上，然後再擴大，把女人和孩子都放進畫面裡。第一件讓她覺得奇怪的事是他們長得跟別人一樣。每次在想像中見到他們，她眼前浮現的總是三隻熊排成一行，腳上是像荷蘭人穿的木鞋，頭上是水手帽，身上是縫著一堆釦子的鮮豔外套。可是這女人穿了一件她自己也可能穿的衣服，孩子穿的則像附近任何人一樣。那男人穿的是土黃色長褲和藍襯衫。麥肯泰太太向他伸手，突然，他彎身親了那隻手。

麥肯泰太太抽回手抬近嘴邊，想了想又放下，手在屁股上用力擦。如果蕭特利先生敢親她的手，麥肯泰太太會一拳把他揍得老遠，不過蕭特利先生才不會親她，他可沒時間跟別人胡搞。

她瞇起眼仔細瞧清楚。男孩站在那群人中說話。他說的大概是英文，因爲他在波蘭學過；他聽他父親的波蘭語，然後用英語講出來，再聽麥肯泰太太的英語，然後用波蘭語說。神父跟麥肯泰太太說過他叫魯道夫，今年十二歲，女孩叫史萊芝薇，九歲大。蕭特利太太覺得史萊芝薇聽起來像隻蟲的名字，就如一個男孩叫波耳維佛一樣[1]。他們的姓只有他們自己和神父會唸，她只能唸成苟伯胡克。這一週來，她和麥肯泰太太爲他們的到來做準備時都叫他們苟伯胡克那家人。

她們得準備好多東西，因爲他們什麼都沒有，連一件家具、一條床單、一個盤子都沒有。所有東西都得由麥肯泰太太用不著的東西裡湊出來。她們這裡找了件怪家具，那裡也找一件，又用有花的雞飼料袋做成窗帘，兩塊紅的，一塊綠的，因爲紅袋子不夠。麥肯泰

1 Bollweevil，即棉籽象鼻蟲。

太太說她可不是大富翁，她買不起窗帘。「他們連話都不會講，」蕭特利太太說：「你以爲他們會知道這些是什麼顏色？」麥肯泰太太說，他們經歷過那些事後，應該要對任何東西都感激不盡。她說，想想眞覺得他們好幸運，能逃離那個地方來到這種地方。

蕭特利太太記得她看過一部新聞影片，裡面描述一個小房間裡堆滿赤裸的死人，他們的手腳纏在一起，這裡冒出一個頭，那裡冒出一個頭、一隻腳、一個膝蓋、一個應該遮住的部位突出來、一隻什麼也沒抓著的手。在你還沒搞清楚那些是眞的，還沒放入心裡之前，畫面就換了，一個空洞的聲音響起：「時間一直往前進！」這就是每天在歐洲發生的事，那裡沒有這邊進步。蕭特利太太居高臨下地看過去，突然想到荀伯胡克一家人可能像帶著傷寒跳蚤的老鼠一樣，渡過海洋把這些殘酷的手法直接帶到這兒。如果他們曾遭受這種處置，誰能保證他們不會對別人也這樣做？這問題幾乎嚇壞她了。她的胃顫抖起來，彷彿山的核心發生小小的地震。她主動步下她的高座，前去等著被介紹給他們，彷彿她想馬上搞清楚他們會做出什麼事來。

她肚子往前突，頭往後仰，雙臂抱胸，靴子輕拍著巨腿走過去，走到離這群比手畫腳的人大約十五呎處停住，然後定定瞧著麥肯泰太太的頸子，讓他們發覺她的存在。麥肯泰太太是六十歲的瘦小女人，有張佈滿皺紋的圓臉，紅色劉海幾乎垂到兩道描過的橘色眉毛上。她的嘴像洋娃娃的嘴；眼睛睜開時是柔和的藍色，但瞇起來察看牛奶罐時變得像鋼或花崗石。她葬了一個丈夫，又離了兩個。蕭特利太太視她為最值得尊敬的人，那是指，哈！哈！除了蕭特利家以外的人了。她指手指向蕭特利太太站的地方對那個叫魯道夫的男孩說：「這是蕭特利太太，蕭特利先生是我的牛奶工，蕭特利先生在哪？」她在他太太又往前走時問道，她兩手仍橫在胸前。「我要他來見一下古伊札克家的人。」

現在是古伊札克了，她沒當面叫他們苟伯胡克。「強西在穀倉那邊，」蕭特利太太說：「他可沒時間像那幾個黑人一樣跑到樹叢裡休息。」

她的目光先停在這群難民的頭頂，再慢慢迴旋而下，像隻禿鷹滑著滑著突然向下直落在動物屍體上。她站得夠遠，那男人沒法親她的手，他用綠色的小眼睛瞅著她，嘴咧得很開，嘴有一邊半顆牙齒也沒有。蕭特利太太臉上毫無笑容地將目光轉向站在母親身旁甩著肩膀的小女孩。她綁著兩根長長的髮辮，不可否認她是個漂亮的小女孩，雖然她有個類似昆蟲的名字。她比蕭特利太太的兩個女兒都漂亮：安妮摩蒂和莎拉美，一個十五歲，一個七歲。安妮摩蒂發育不好，莎拉美眼睛有點斜視。她比較那個外國男孩和她兒子艾西，後者遠勝過前者。艾西今年二十歲，體格像她，戴了眼鏡，他現在上的是聖經學校，唸完後準備建立教堂。他的聲音嘹亮甜美，適合讚美詩，憑這聲音，什麼東西都賣得出去。蕭特利太太望著神父，她想到，這些人沒有一個進步的宗教。他們到底相信什麼實在很難說，因為他們的愚蠢並未因信仰而改。她眼前又出現那屍體堆得高高的房間。

神父自己說話也帶外國腔，說的是英文沒錯，不過喉嚨裡好像塞了把乾草。他有個大鼻子和長方形禿頭。她正在觀察他，他突然張嘴瞪著她身後說：「啊——」，還用手指著。

蕭特利太太轉身一看，孔雀在她身後幾呎遠站著，微昂著頭。

「好美麗的鳥！」神父喃喃地說。

「又一張嘴巴要養，」麥肯泰太太朝孔雀的方向說。

「牠什麼時候才展開漂亮的尾巴？」神父問道。

「牠想要的時候。」她說：「以前這裡有二、三十隻，不過我讓牠們自生自滅，我不喜歡聽到牠們在半夜尖叫。」

「好美。」神父說：「充滿陽光的尾巴。」他躡手躡腳挨過去看牠背上光滑的金綠色圖案。孔雀靜靜站著，彷彿剛從豔陽普照的高處走下，現身在他們面前。神父平庸的紅臉貼近牠，臉上閃耀著喜悅。

蕭特利太太不高興地撇嘴，「不過是隻小孔雀。」她嘟囔道。

麥肯泰太太揚起橘色眉毛對她使個眼色，表示這個老人童心大發了。「呃，我們得帶古伊札克一家去看他們的新家。」她不耐地說著，把他們趕回車裡。孔雀開始往兩個黑人躲著的桑樹走去。神父轉開沉思的臉，上了車，載這群難民到他們將安身的木屋去。

蕭特利太太等車子開遠了就繞到桑樹後面，站在兩個黑人身後十呎處。這兩人一個是提著半桶牛食的老黑人，另一個是頭像土撥鼠一樣短，戴著頂圓軟帽的棕色男孩。「噯，」她慢吞吞地說：「你們看夠了吧，覺得他們怎麼樣？」

老人亞斯特站起來。「我們一直在看。」他說，彷彿她還不知道似的。「他們是什麼人？」

「他們是渡海過來的。」蕭特利太太揚揚手說：「他們就是人家說的『難民』。」

「難民？」他說：「嗯哼，那是什麼意思？」

「就是說他們不住在原來出生的地方，也沒別的地方可住，就像你離開這兒就沒人要你了。」

「他們看起來像這裡的人。」老人若有所思地說：「如果是，大概是附近的人。」

「的確。」另外一個贊同地說：「他們像這裡的人。」

黑人的邏輯總讓蕭特利太太火大。「他們不在他們該在的地方。」她說：「他們屬於那邊一切都還是原來那樣子的地方，這裡什麼都比他們來的地方進步，不過你們最好小心點。」她說著點點頭，「還有千百萬億個他們這樣的人，我知道麥肯泰太太怎麼說的。」

「說什麼？」年輕的黑人問。

「現在啊，不管是黑人還是白人都不容易找到地方安身，我聽到她當我面說的。」她說話的聲音像唱歌一樣。

「妳都聽到了什麼，」老人說著身子前傾，好像要走，又把身子穩住。

「我聽到她說，『這會讓敬畏上帝的心進入那些懶惰的黑人身上！』」蕭特利太太音調叮鈴。

老人開始往前走。「她常說這種話。」他說：「呵，呵，眞的。」

「你最好到穀倉去幫幫蕭特利先生。」她對另一個黑人說：「你以爲她花錢請你來幹什麼的？」

「是他叫我出來的。」那個黑人嘟囔著說：「是他叫我去做別的事。」

「那你最好趕快去做。」她說完就站在那兒等他移動，然後又站那兒想了一會兒，眼睛不經意地看向孔雀尾巴，牠跳進樹叢，尾巴垂在她面前，上面布滿可怕的星球，這些星球圍了一圈綠色的眼睛，襯著金光閃爍的太陽。她看到的可能是宇宙的地圖，可是她沒留意，就像她不關心頭上佈滿朦朧樹簾的點點藍空。她心中浮現一幅景象，她看到他們百萬億地湧到這裡，而她是張著房子般寬大翅膀的巨大天使；她告訴黑人他們必須另找地方棲身，她轉向穀倉玩味著這幅景象，臉上是高傲與滿足的表情。

她斜斜地走向穀倉，這樣她在被瞧見前可以瞄一眼門內的情形。強西．蕭特利先生正蹲在一隻黑白相間的大乳牛腳旁調整最後一具擠奶器，下嘴唇中間貼附著一截半吋長的香菸。蕭特利太太盯了它半秒鐘。「如果她看到或聽說你在這穀倉裡吸菸，她會氣炸的。」她說。

蕭特利先生抬起滿是凹痕的臉，兩頰各有一條蝕痕，浮腫的嘴唇兩邊各有一條長長的凹陷裂縫。「妳要去跟她說嗎？」他問道。

「她自己有鼻子。」蕭特利太太說。

蕭特利先生不加思索地用舌尖把菸頭叼進嘴裡，閉上嘴，起身走出去，感激地看看他太太，再把爛成一團的菸頭吐進草堆。

「呃，強西，」她說：「噢哦。」她用腳尖挖了個小洞把它埋進去。蕭特利先生這招其實是向她示愛，他求愛完之後，不會帶吉他彈給她聽或送她什麼漂亮東西，而是坐在她門口的台階上默默模仿一個癱瘓者突然挺起來享受一根菸的動作。等到香菸吸到長短剛好時，他就轉眼看著她，張開嘴，把菸頭叼進嘴裡，然後坐在那兒，彷彿已將菸吞下去，然後用最愛慕的神情瞧她，她幾乎被逗瘋了，每一次他這麼做時，她都想把他的帽子拉下蓋過眼睛再摟得他喘不過氣。

「呃，」她說著跟他進穀倉，「荀伯胡克一家人來了，她要你去見見他們，說『蕭特利先生在哪兒？』我說，『他可沒時間……』」

「幫他們搬東西。」蕭特利先生說著又往母牛旁邊蹲了下去。

「你覺得他連英文都不會，還會開曳引機嗎？」她問他。「我看她花在他們身上的錢是拿不回來了，那男孩能說英文，可是他看起來挺瘦弱。能做事的不會說話，能說的做不了事，她這樣子就算有再多黑人也富不起來。」

「如果換了我，我寧願雇個黑人。」蕭特利先生說。

「她說像他們這種難民還有十億多個，她說她要多少，那神父就能幫她找多少。」

「她最好別再跟那神父胡搞了。」蕭特利先生說。

「他一點聰明相也沒有。」蕭特利太太說：「看起來笨笨的。」

「我可不要羅馬教皇來告訴我怎樣管牛奶場。」蕭特利先生說。

「他們不是義大利人，他們是波蘭人。」她說：「從那個屍體堆著放的波蘭來的。你還記得那些屍體嗎？」

「我給他們三個星期的時間。」蕭特利先生說。

三個星期後，麥肯泰太太和蕭特利太太開車去蔗田看古伊札克先生操作割秣草機。這是種新機器，麥肯泰太太剛買來的，她說她終於找到會操作的人了。古伊札克先生會開曳引機，會操作乾草打包機、割秣草機、聯合收割機、磨粉機和任何她這地方有的機器，他是個機械專家，是個木匠，還是個泥水匠，手腳敏捷、精力充沛。麥肯泰太太說他一個月光在修理費上就能替她省下二十塊錢，她說找他來是她這輩子做得最對的一件事。他能操作擠奶機，做事又非常認眞仔細，他還不抽菸。

她把車停在甘蔗田旁，她們下了車。年輕的黑人沙克正把貨車接上切割機，古伊札克先生正把切割機連在曳引機上。他先弄好了，就把黑人小孩推開，自己連起貨車和切割機，一臉憤怒地做手勢要鐵槌或螺絲起子。沒有一件事快得夠讓他滿意，黑人令他緊張。一星期前，他在晚飯時分撞見沙克拎著一個不用的袋子走進火雞欄。他看著他抓了隻小火雞塞進袋裡，然後把袋子塞到衣服下。他跟在他後面繞過穀倉，撲到他身上，再拖他到麥肯泰太太的後門，把剛才的事從頭到尾表演給她看；黑人在一旁又嘟囔又吼叫，說如果他偷了火雞會遭天打雷劈，他只是因爲牠在鬧脾氣，所以把牠抓出來擦點黑鞋油，如果他說的不是眞話會遭天打雷劈，麥肯泰太太要他把火雞放回去，然後花了好長一段時間向波蘭人解釋所有黑人都偷東西。最後，她得叫魯道夫來，用英文說給他聽，再叫他用波蘭語告訴他父親，古伊札克先生帶著一臉驚愕和失望走開。

蕭特利太太站在旁邊，心裡希望割秣草機出點毛病，結果一點事也沒有。古伊札克先生的動作又快又準，他像猴子似地跳上曳引機，把那部橘色大機器開進蔗田，沒多久割秣草機從管子裡噴出一堆綠色東西到貨車上，他一路顚下去，最後人看不見，聲音也變得遙遠。

麥肯泰太太高興地嘆了口氣。「終於，」她說：「我找到可以依賴的人了。這些年來我一直在跟可憐人搞，可憐的人，可憐的白人廢物和黑人。」她喃喃地說：「他們都把我榨乾了，你們來以前我雇過林菲爾德、柯林斯、傑瑞爾、柏金斯，和哈林斯等家族，還天知道其他什麼人，沒一個走的時候不順手摸些這裡的東西帶走的，沒有一個不偷！」

蕭特利太太能泰然自若地聽著，因爲她知道如果麥肯泰太太認爲她是廢物的話，她們就不會一起批評遊手好閒的人。她們倆都不喜歡廢物。麥肯泰太太繼續她常講的獨白。「我經營這地方已經三十年了，」她深蹙著眉頭遙望眼前的田野說：「總是勉強維持而已，別人以爲我多有錢，其實我要納稅、要負擔保險費、要付修理帳單、要付工錢。」她一說怨氣全上來了，挺起胸，一雙小手互抓著手肘。「自從法官死後，」她說：「我一直都勉強維持收支平衡，他們每個人走的時候又要帶東西走。黑人不走，他們待在這兒偷東西，黑人覺得每個人都有錢，可以盡量偷。白人廢物覺得每個雇得起他們的都是有錢人。其實，我只剩下腳下的泥土！」

人是妳雇的，也是妳辭退的，蕭特利太太心裡這麼想。不過她不是每次都想什麼就說什麼。她站在旁邊，讓麥肯泰太太把話都說完，可是這次她沒像往常到此爲止。「不過我終於得救了！」麥肯泰太太說：「一個人的苦難是另一個人的收穫；那邊那個人，」她指著難民的身影消失處，「他必須工作！他想要工作！」她將發亮的皺臉轉向蕭特利太太。

「那個人是我的救贖！」她說。

蕭特利太太直視前方，目光彷彿穿透甘蔗、山坡，看到另一頭去。「我懷疑這個救贖是來自魔鬼。」她冷冷地低語。

「妳這是什麼意思？」麥肯泰太太盯著她問。

蕭特利太太搖搖頭不願再說，她沒什麼可說的，因爲這種感覺是突然產生的。她以前沒怎麼想過魔鬼的事，因爲她覺得宗教是那些不靠它就不曉得怎麼避邪的人信的，對她這種有智慧的人來說，它提供的是能唱歌的社交場合。不過如果她好好想過的話，恐怕會認爲魔鬼才是它的中心人物，上帝只是隨從。由於這些難民的到來，很多事情她都必須重新評估了。

「我知道史萊芝薇跟安妮摩蒂說，」麥肯泰太太謹愼地不問說了什麼，只伸手折下一小枝黃樟放在口裡嚼；她則一副根本沒在跟誰說話的樣子繼續，「他們四口人沒辦法，靠每月七十塊錢的收入長久住下去。」

「他值得加薪，」麥肯泰太太說：「他替我省了不少錢。」

這等於說強西沒替她省過什麼錢。強西早上四點就起床擠奶，冒著冬天的寒風或夏天的暑熱，他辛苦了四年。她請的人裡面他們待得最久，他們得到的回報就只是這些暗示，指他們沒替她省過錢。

「蕭特利先生今天好點了嗎？」麥肯泰太太問。

蕭特利太太心想，她也該問了。蕭特利先生心臟病發，在床上躺兩天了。古伊札克先生除了自己的工作外，還接下牛奶場的工作。「沒有，」她說：「醫生說他是太勞累才發病的。」

「如果蕭特利先生工作太累，」麥肯泰太太說：「那他一定是另有兼差。」她看著蕭特利太太，眼睛幾乎全閉著，彷彿在檢查牛奶罐底。

蕭特利太太沒說話，可是她的疑心卻像朵烏雲般升起。事實上，蕭特利先生的確有個兼差，可是這是自由國家，他的兼差不關麥肯泰太太的事。蕭特利先生釀威士忌，他在這地方最遠的一頭有間小蒸餾室，是在麥肯泰太太的土地上沒錯，可是那地方她並沒開墾，是塊沒用的荒地。蕭特利先生不怕辛苦。他早上四點起來擠奶，中午該休息時，他跑去照顧他的蒸餾器。沒多少人能像他這麼苦幹。黑人知道他的蒸餾器，不過他也知道他們的，所以他們之間不曾有過什麼不愉快。那些外國人什麼都看得見，但什麼都不懂。他們來自戰亂頻繁的地方，那裡的宗教沒改良過；有這些人在，你就得時時刻刻小心提防；她想應該有條法律禁止他們來，他們沒理由不留在那邊接替在戰爭和屠殺中喪生的人。

「還有，」她突然又說：「史萊芝薇說，等她爸爸存夠了錢就要買部舊車，他們一有了舊車就會離開妳。」

「我付他的錢不夠他存的，」麥肯泰太太說：「我不擔心那個。當然，」她又說：「如果蕭特利先生不能再工作，我只好讓古伊札克先生一直在牛奶場工作。這樣一來，我就得多付他工錢。他不抽菸。」她說。這是她這星期內第五遍提到抽菸的事。

「沒有人，」蕭特利太太強調地說：「像強西這樣賣命工作，這麼會對付乳牛，又是這麼好的基督徒。」她雙手抱胸透視遠方。曳引機和切割機的聲音愈來愈大，古伊札克先生從蔗田另一頭轉出來。「不是每個人都能這樣。」她喃喃地說。她想，如果那個波蘭人發現了強西的蒸餾器，他會不會知道那是什麼。這些人之所以令人討厭，是因爲你無法知道他們懂什麼。每次古伊札克先生笑的時候，歐洲在蕭特利太太的想像中就擴大了，既神祕又邪惡，是魔鬼的實驗站。

曳引機、切割機、貨車開過來了，嘎隆嘎隆地從她們面前經過。「想想看用人和騾子要花多少時間才做得完。」麥肯泰太太大聲喊說：「以這種速度，兩天內我們就能全部割完。」

「也許吧。」蕭特利太太喃喃地說：「如果沒什麼可怕意外的話。」她想著曳引機讓騾子變得毫無價值。像現在這種年頭你沒法把騾子送人，下一個要走的，她提醒自己，就是黑人了。

這天下午她把將會發生的事告訴在牛欄裡塡裝施肥機的亞斯特和沙克。她坐在鹽堆旁的小遮棚下，肚子垂在大腿間，手臂放在肚子上。「你們這些黑人最好小心點。」她說：「你曉得賣匹騾子能得多少錢。」

「啥都沒有，眞的。」老人說：「一毛也沒。」

「有曳引機以前，」她說：「靠騾子。沒有難民以前靠黑人。時候快到了，」她預言說：「快到沒人會再提起黑人的時候了。」

老人溫文地笑了起來。「是啊，」他說：「呵呵！」

年輕的那個一句也沒說，只是一臉悶悶不樂的樣子。可是她進屋之後，他說：「她自以爲什麼都知道，神氣！」

「別管了，」老人說：「你的身分低得沒人想跟你爭。」

她沒告訴蕭特利先生她擔心蒸餾器的事，一直等他回到牛奶場工作後才提起。有天晚上他們上床後，她說：「那個人到處看。」

蕭特利把雙手抱在瘦胸上，假裝自己是具屍體。

「到處看哪。」她又說一次，抬腳用膝蓋頂頂他的腰。「誰知道他們懂什麼，不懂什麼？誰知道如果他發現的話，會不會去跟她說？你怎麼知道他們歐洲人不釀酒？他們開曳引機，他們有各種機械。回答我啊！」

「現在別煩我，」蕭特利先生說：「我現在是死人。」

「他的小眼睛眞怪。」她喃喃地說：「還有他聳肩的樣子。」她提起肩聳了幾下。「他有什麼事好聳肩？」

「如果每個人都像我現在這樣躺著，什麼麻煩事都不會有。」蕭特利先生說。

「那個神父，」她低聲說，停了一會又說：「也許他們在歐洲用別的方法釀酒，不過我猜他們任何方法都曉得，他們一肚子歪主意。他們沒進步過，也沒改革過，宗教跟一千年前沒兩樣。這可能是魔鬼搞的，打來打去，爭來爭去，又把我們扯進去，已經兩次了。我們就傻傻地幫他們解決，然後他們又反過來跑到這兒到處偷瞧，找出你的蒸餾器就去告訴她。搞不好每分鐘親她的手一次，你有沒有聽我說話啊？」

「沒有。」蕭特利先生說。

「我再告訴你一件事，」她說：「如果你說的話他一個字也聽不懂，我一點也不奇怪，不管你說的是不是英文。」

「我不說其他語言。」蕭特利先生嘟噥著說。

「我懷疑。」她說：「再過不久這裡就不會有黑人了。我告訴你，我寧願要黑人也不要波蘭人。還有，到時候我打算站在黑人那邊。荀伯胡克一家剛來的時候，你還記得他跟他們握手，好像他看不出來有什麼差別似的，好像他跟他們一樣黑。可是他一發現沙克偷火雞就跑去告訴她。我早知道他偷火雞，我本來可以自己去跟她說的。」

蕭特利先生彷彿已經睡著了，呼吸柔和下來。

「黑人不會分辨敵友，」她說：「我再告訴你一件事，我從史萊芝薇那兒問出好多事。史萊芝薇說，在波蘭他們住在一幢磚頭房子裡面。有天晚上，有個人跑來要他們天亮以前離開。你相信他們住過磚頭房子嗎？」

「裝派頭，」她說：「根本就是裝派頭，我有幢木屋就很好了。強西，」她說：「轉過來，我不想看到黑人受到不公平待遇而跑掉，我很同情黑人和可憐人，我不是一直都這樣嗎？」她問。「我說我不是一直都是黑人和可憐人的朋友嗎？」

「時候一到，」她說：「我就站到黑人那邊，就這麼辦，我不會坐視那個神父把所有黑人都趕走。」

麥肯泰太太買了一具新拖耙和一輛有電動舉降器的曳引機，因爲她說她頭一次有個懂機械的人在。她和蕭特利太太開車到後區去察看他前一天耙的地。「耙得眞漂亮！」麥肯泰太太看著車窗外起伏的紅土地說。

自從那個難民替她工作後，麥肯泰太太就變了。蕭特利太太仔細觀察這種改變，她的舉動開始像個暗地裡愈來愈有錢的人，她也不像從前那麼對蕭特利太太推心置腹。蕭特利太太懷疑這都是那神父搞的鬼，他們都很狡猾，首先他把她引進他的教堂，然後他會把手伸到她錢包裡。好啊，蕭特利太太心想，她更笨！蕭特利太太有個祕密，她知道那個難民做的一件事，麥肯泰太太知道了一定會氣得跳腳。「我還是認爲一個月七十塊錢的待遇他做不了太久，」她喃喃地說。她打算跟蕭特利先生一起守住祕密。

「那個，」麥肯泰太太說：「我可能必須辭掉某些幫手來多付他一點。」

蕭特利太太點點頭，表示她早知道會這樣。「我不是說這些黑人不起勁，」她說：「他們已經盡他們最大的努力了，你隨時都能告訴一個黑人要做什麼，然後站在旁邊等他做完。」

「法官就是這麼說的。」麥肯泰太太說著讚許地看著她。法官是她第一任丈夫，也是留給她這塊地的人。蕭特利太太聽人家說，她嫁給他的時候三十歲，他七十五歲，本想他一死她就有錢了。可是，那個老頭是個無賴，當他的遺產整理出來後，他們發現他一毛錢也沒有，他只留給她五十畝地和那幢房子。可是她每次提到他都一副崇敬的樣子，經常引述他的話，例如「一個人的苦難是另一個人的收穫」和「你曉得的魔鬼要比你不曉得的好」。

「不過，」蕭特利太太重複說：「你曉得的魔鬼要比你不曉得的好。」她別過臉，免得麥肯泰太太看到她在笑。她發現那個難民準備利用亞斯特那老頭，這事她只告訴蕭特利先生一個人。蕭特利先生聽到時像聖經裡的拉撒路從墳墓裡坐起來一樣從床上坐起。

「閉上妳的嘴！」他說。

「好吧。」她說。

「現在。」蕭特利先生說。

「好。」她說。

蕭特利先生又躺下去。

「那個波蘭人懂什麼。」蕭特利太太說：「我看都是那神父叫他做的，我只怪神父。」

神父常來探望古伊札克一家，他總是順便過來拜訪一下麥肯泰太太。他們倆會到處走走，她一面指給他看她做的改進，一面聽他喋喋不休。蕭特利太太突然明白：他想說服她再讓一家波蘭人來這裡。有了這兩家人，在這地方大家就只會說波蘭語。黑人也走了，只剩下蕭特利先生和她對抗兩家人！她想像一場語言的戰爭，波蘭語和英語由兩邊衝來，踏步向前，不是句子，只是字，嘰哩呱啦，嘰哩呱啦，又跳又叫，大步向前互相扯來扯去。她彷彿看到波蘭字又髒又沒改革卻一副無所不知的模樣，它們把泥巴丟到乾乾淨淨的英文字上，最後兩邊都變得一樣髒。她看到它們堆在一個房間裡，所有死掉的髒字，包括他們的和她的，就像新聞影片中那些赤裸的屍體一樣堆在一起。上帝救救我！她無聲地哭喊，把我從撒旦的惡臭力量中救出來。從此，她開始以一種新的專注念聖經。她細嚼啓示錄，開始引述先知預言書中的話，不久她對自己的存在有了更深層的了解。她清楚地了解世界的意義是個被計畫好的祕密，她一點也不覺驚訝地發現她在這項計畫中擔任特別的角色，因爲她是強者。她了解全能的上帝創造強者去完成必須完成的工作。她覺得當她受召喚時她會準備妥當。現在她覺得自己的工作就是注意那個神父。

他的來訪愈來愈讓她煩心。他最後一次來時到處撿地上的羽毛，他找到兩根孔雀羽毛，四或五根火雞毛，和一根棕色老母雞毛，像捧束花似地捧回去。這愚蠢的做作並沒唬住蕭特利太太。他領著一窩窩外國人到不屬於他們的地方來製造爭端，來趕走黑人，將巴比倫的妓女放在正直的人群中。每當他來時，她就找個地方躲著看，直到他離開爲止。

一個星期天下午，她看到異象。那天蕭特利先生膝蓋痛，她去幫他把乳牛趕回來，她慢慢穿過草地，雙手抱在胸前，眼睛凝視遠方的低雲，它們像一排排被沖上大藍海灘的白魚。她因爲筋疲力盡而想嘆口氣時停了下來，她的體重太重，而她已經不再年輕。有時候她可以感覺到心臟像小孩的手在她胸腔內握緊、放鬆，這種感覺一來，她就無法思考，只像艘船無目的的亂走，可是她不會害怕，她制住它，覺得很滿意。突然，就在她凝視時，天空像舞台的布幕往兩邊捲起，一個巨大的身影面對著她：白金的顏色如午後的太陽，它的形狀不很清晰，有著炯炯黑眼的火紅圓輪快速繞著它轉。她看不出身影是往前進還是往後退，因爲它太壯觀了。她閉上眼看，結果它變成血紅色，輪子變成白色，一個嗡隆聲響起，只說了一個詞：「預言！」

她直挺挺地站著，身子稍微晃了晃，兩眼緊閉，緊握雙拳，草帽垂到額上。「邪惡國度的孩子將被屠戮，」她大聲說：「腿在臀部該在的地方，腳跑到臉的地方，耳朵在手掌中，誰能保持完整？誰能保持完整？誰？」

她隨即睜開眼，天空中滿是被無形潮水慵懶翻載的白魚，潛在牠們之外的太陽碎片時隱時現，彷彿被沖往相反方向。她僵硬地一步步踏出，直到越過草地到泥地上，她茫然地穿過穀倉，一句話也沒跟蕭特利先生說。她一直走，直到她看到神父的車停在麥肯泰太太屋前。「又來了。」她喃喃地說：「又來毀滅。」

麥肯泰太太正和神父在院子裡散步，爲了避免跟他們打照面，她向左轉走進飼料屋，裡面有一邊堆著裝飼料的花布袋，另一個角落散置一些牡蠣殼，牆上有幾張又舊又髒的月曆，上面有小牛飼料和各種專利藥品的廣告。其中一張上面有位穿著工作服、留著鬍鬚的紳士，他手裡舉著一個瓶子，腳下有一行字：「我被這神奇的發明治好了！」蕭特利太太一直覺得她跟這個人很親近，就好像他是她認識的傑出人物，可是現在她腦袋空空的，只浮現那個神父的危險形影。她挨著兩塊木板間的裂口。從這裡看出去她可以看到他和麥肯泰太太往火雞孵蛋器走去，孵蛋器就在飼料屋外。

「啊——」他們走近孵蛋器時他說：「你看那些小小雞！」他蹲下去瞇眼透過鐵絲網

朝裡看。

蕭特利太太嘴角扭動一下。

「你認為古伊札克一家會想離開我嗎？」麥肯泰太太問，「你認為他們會去芝加哥或像芝加哥這樣的地方嗎？」

「他們為什麼要這麼做？」神父說，他對著一隻火雞搖指頭，大鼻子貼近鐵絲網。「錢。」麥肯泰太太說。

「啊——那麼多付他們一點錢嘛，」他淡淡地說：「他們畢竟得過日子。」

「我也這麼想，」麥肯泰太太喃喃地說：「也就是說我得辭掉一些人。」

「蕭特利一家過得還滿意嗎？」他問，注意力大半集中在火雞上。

「上個月我有五次發現蕭特利先生在穀倉抽菸。」麥肯泰太太說：「五次！」

「黑人是不是比較好？」

「他們會說謊，會偷東西，必須隨時注意他們。」

「啾，啾。」他說：「你要辭掉哪個？」

「我決定明天給蕭特利先生月前解雇通知。」麥肯泰太太說。

神父似乎沒聽到她的話，他正忙著把手指伸到鐵絲網內搖。蕭特利太太一屁股坐在一袋打開的碎飼料上，震起一陣飼料飛塵，她發現自己瞪著對面牆上那張紳士拿著奇妙發明的月曆，可是她沒看到他，她只注視前方，好像什麼都沒看見。然後，她站起來跑向自己的屋子，臉紅得像火山一樣。

她拉開所有抽屜，從床底下拉出箱子和斑剝的舊皮箱，開始不停把抽屜內的東西往箱子裡倒，忙得頭上的草帽都沒脫，還把兩個女孩叫來幫忙。蕭特利先生進屋時，她看也不看地一手收拾一手指著他。「把車子開到後門去，」她說：「你可不能等著被開除！」

蕭特利先生這輩子從未懷疑過她的全知能力，他只花了半秒鐘就完全明白了，一臉不高興地退到門外去開車。

他們把兩張鐵床綁在車頂，兩張搖椅放在床內，又捲起兩張床墊塞在搖椅之間，這些上面又綁了一簍子雞，車裡堆著舊皮箱和箱子，留下一小塊地方讓安妮摩蒂和莎拉美坐。他們從下午忙到半夜才弄妥當，可是蕭特利太太堅持要在清晨四點前離開，她不要蕭特利先生再為這個調整擠奶機。她在收拾行李的過程中，臉色一下由紅變白，由白又變回紅色。

快天亮時，開始下起毛毛細雨，他們準備好了，全上了車，擠在盒子、包裹和一捲捲鋪蓋之間。方方的黑汽車發出比平常更吵的嘎吱聲往前駛，彷彿在抗議負擔太重。兩個黃髮瘦長女孩坐在後座箱堆上。毯子下面是隻小獵犬和一隻帶著兩隻小貓的母貓。車子開得很慢，像艘裝得太多的漏水平底船。開離他們的木屋，經過麥肯泰太太沉睡的白屋——她怎麼也沒想到這天早上蕭特利先生不來擠奶了。接著經過波蘭人在山頂上的木屋，往下開到大門口。兩個黑人一前一後走著，準備去幫忙擠奶。他們直盯著車子和車上的人。昏暗的黃色車頭燈光雖打在他們臉上，但他們客氣地似乎什麼也沒看到，也不覺有什麼值得注意的事；他們以爲這輛沉重的車可能剛好在清晨的微光和霧中經過。他們以原來速度繼續走，兩人都沒回頭看。

暗黃色的太陽升上天空，大空像公路一樣是光滑的暗灰色。僵直而雜草叢生的田野向兩邊伸展。「我們要去哪兒？」蕭特利先生首先打破沉默。

蕭特利太太一腳擱在包裝盒上坐著，膝蓋頂住肚子。蕭特利先生的手肘幾乎擠到鼻子下，莎拉美光溜溜的左腳伸到前座，碰到她的耳朵。

「我們要去哪兒？」蕭特利先生再問一次。她又不回答，他轉過來看著她。

一陣躁熱慢慢地、整個撲到她臉上，彷彿正展開最後一次攻擊。她坐得直挺挺，雖然一條腿彎著，一個膝蓋幾乎被擠到頭邊。冷藍的雙眼中有種奇特的暗淡，所有眼中景象似乎轉過來望入她心坎內。突然，她抓住蕭特利先生的手肘和莎拉美的腳，又推又拉，似乎想把這另外的兩個肢體連到自己身上。

蕭特利先生咒罵一聲，急急停車，莎拉美大叫著想抽回腳。可是蕭特利太太顯然想立刻重新布置整輛車，她前撲後翻地摸到什麼就抓過來摟在身上，蕭特利先生的頭、莎拉美的腿、貓、一團白色鋪蓋，還有她自己的圓月形大膝蓋。突然，她的狂亂表情又褪成驚訝，鬆開手，一個眼珠逐漸移近另一個，她似乎靜靜地崩潰了，一動也不動。

兩個女孩不明白她發生了什麼事，開始問，「我們要去哪兒，媽？我們要去哪兒？」她們以為她剛才在開玩笑，而直直地盯著她前方的父親是在裝死人，她們不知道她遭遇了一次重大經驗，已經被剝奪了世上所有屬於她的事物。她們被眼前的灰滑路面嚇壞了，不斷地說：「我們要去哪兒，媽？我們要去哪兒？」聲音愈來愈高，而她們母親的巨大身軀往後靠在椅背上，眼睛像塗上藍彩的玻璃，似乎生平第一次沉思著她真正國度的寬廣疆界。

2

「好吧，」麥肯泰太太對老黑人說：「我們沒有他們也活得下去，我們看著他們來，又看著他們走。黑人白人都一樣。」他正在清理小牛欄，她站在欄內，手上拿著耙子，不時從角落耙出一隻玉米穗軸或指出他漏掉的黏溼地方。她發現蕭特利一家離開時覺得很高興，她不必雇用他們了。她雇的人總是拋下她，因為他們就是那種人。她雇過的人中，蕭特利一家是最好的，如果難民一家不算的話。他們不全然一無是處，蕭特利太太是個好女人，她會想念她的。不過就如法官常說的，你不能魚與熊掌兼得，她對難民一家很滿意。

「我們看著他們來，又看著他們走。」她滿足地又說一遍。

「你跟我，」老人說著彎下腰從飼料架下拖出耙子，「還在這兒。」

她聽出他要她聽出的弦外之音。裂洞的天花板滲進幾柱陽光照在他背上，把他切成三份。她看著他握緊耙子的長手和賣力推動的佝僂側影。你可能在我之前就來到這兒，她對自己說，可是極可能你走的時候我還在這。「我花了半輩子跟一無是處的人搞在一起，」她厲聲說：「可是現在情況不同了。」

「黑人和白人，」他說：「都一樣。」

「現在情況不同了。」她重複一遍，同時扯了一下披在肩上的暗色工作服。她戴了頂二十年前用二十塊錢買來的寬邊黑帽，現在當成遮陽帽。「金錢是萬惡之源。」她說。法官以前每天都說這句話，他說他憎惡金錢，他說你們這些黑人之所以如何可憐，就是因爲賺得多花得也多。

老黑人認識法官。「法官說他盼望有天能窮到雇不起一個黑人。」他說：「他說等到那天，世界就會再恢復正常。」

她傾身向前，手放在臀上，伸長頸子說：「哎，那天幾乎可說已經到了，我告訴你們：最好眼睛放亮點，我不必再忍受任何蠢蛋了，我現在有個知道誰該做事的人了！」

老人知道什麼時候該回答，什麼時候不該。最後，他說：「我們看著他們來，又看著他們走。」

「不過，蕭特利一家不是最差的。」她說：「我還記得很清楚嘉利特那家人。」

「他們是在柯林斯家之前。」他說。

「不，是在林菲爾德之前。」

「老天，是在林菲爾德家之前。」他喃喃地說。

「那種人沒一個想做事的。」她說。

「我們看著他們來，又看著他們走。」他又說，彷彿這是歌曲的複歌。「可是我們從來沒有，」他說著挺起身子面對她，「像我們這次找到的人。」他一臉肉桂色，眼睛因爲年紀大而像掛在蜘蛛網後般模糊。

她狠狠瞪著他，直到他的手放回耙上，彎下腰推著獨輪手車耙出一堆刨屑。她冷硬地說：「他清洗穀倉迅速俐落。蕭特利先生在猶豫是否該洗穀倉的時候，他早就洗好了。」

「他是從波爾來的嘛。」他嘟噥道。

「從波蘭來的。」

「波蘭，不像這裡，」他說：「他們那兒做事的方法不一樣。」他開始嘰哩嗚嚕地說些讓人聽不懂的話。

「你在說什麼啊？」她問。「如果你對他有任何批評就大聲說出來呀！」

他一句話也不說，顫顫地蹲下去沿著槽底用力耙。

「如果你知道他做了什麼不該做的事，希望你能向我報告。」她說。

「不是他該不該做，」他嘟噥道，「而是別人沒做的事，他都做了。」

「你沒什麼好反對的，」她很快地說：「他待定了。」

「我們以前從來沒有過像他這樣人，就是這樣。」他嘟噥著含蓄地笑了。

「時代變了，」她說：「你知不知道世界上發生了什麼事？世界不斷膨脹，人愈來愈多，多得只有聰明、敏捷、精力充沛的人才能生存下去。」她說聰明、敏捷、精力充沛這幾個字時手掌也一邊打著拍子。從馬廄那頭看出去，她可以看到難民手握著綠水管站在穀倉門口。他的身影給她一種僵硬感，使她覺得必須慢慢靠近他，即使是在心裡，她斷定這是因爲她沒辦法和他輕鬆談話，不管跟他說什麼，她都發現自己在大喊大叫，又拚命點頭。她感覺得出來這時某個黑人就躲在最近的棚子後面偷看。

「不，」她說著抱臂往一個飼料架坐下去，「我決定了，我這輩子受夠了這地方的廢人，不打算把我的餘生浪費在跟蕭特利、林菲爾德或柯林斯這類人身上，世界上一定到處都是要做事的人。」

「爲什麼他們這種人有這麼多？」

「人是自私的，」她說：「他們生了太多孩子，這樣做一點意義也沒有。」

他抬起手推車的把手退向門口，走了幾步又停下來，身子一半在陽光裡，一半在陽光外；他站在那兒嚼口香糖，似乎忘了想往哪裡去。

「你們這些黑人不會懂的，」她說：「管理這裡的人是我，如果你們不工作，我就不賺錢，我不賺錢，我就沒錢付給你們，你們都依賴我，可是你們每個人都像沒這回事似的。」

從他臉上看不出他是否聽到她的話。最後，他推著車退出去。「法官說他知道的魔鬼比他不知道的好對付。」他清晰地低聲說完後轉身推了車出去。

她站起來跟在後面，一個垂直的凹窪突然在她額頭中央出現。「法官老早就不是這裡付錢的人了。」淒厲地喊。

他是黑人中唯一認識法官的，他覺得這使他的地位較為特殊。他對她的另外兩任丈夫，克魯姆先生和麥肯泰先生評價很低。她每次離婚後，他都曖昧而客氣地恭喜她。當他覺得必要，他會找她坐的窗口下工作，一邊自問自答地小心討論，一遍又一遍。有一次她悄悄站起來，砰一聲關上窗，他被震得人往後一摔。偶爾，他會對孔雀說話，那隻公鳥會跟著他到處走，眼睛盯著從老人後褲袋露出的一條玉米，或坐在他附近啄自己。有一次她從敞開的廚房門聽到他對那隻孔雀說：「我還記得那時你們有二十隻，現在只剩你和兩隻母的，克魯姆在的時候十二隻，麥肯泰在的時候五隻，現在只剩你和兩隻母的。」

當時她跨出廚房門走到門廊上說：「是克魯姆『先生』和麥肯泰『先生』！我不願再聽到你用別的叫法稱呼他們。我還可以告訴你：那隻孔雀死了以後，就不會再有別的孔雀了。」

她留下那隻孔雀只因爲迷信地害怕除掉牠會惹惱墳墓裡的法官。他喜歡看牠們在附近走來走去，他說這樣會使他覺得富有。在她三個丈夫中，法官最常在她眼前的，雖然他是她唯一埋葬的人。他躺在家族墓園裡，也就是在後面玉米田中央用籬笆圍起的一小塊地；他跟他的父親、母親、祖父、三位嬸嬸和兩位年幼的表親一起躺在那兒。她的第二任丈夫克魯姆先生在四十哩外的州立療養院裡；她的最後一任丈夫麥肯泰先生，她猜想，是醉倒在佛羅里達的某家旅館房間裡。但跟家人躺在玉米田下的法官總是待在家裡。

她嫁他的時候，他已經是個老人了，她嫁他是爲了錢；不過另外還有一個她當時不願承認的理由（即使私底下也不承認）：她喜歡過他。他是個骯髒、愛嗅鼻菸的法院人士，以富有聞名全郡。他穿高頭鞋、打細領帶、穿黑紋西裝、戴頂黃色巴拿馬草帽，不論冬夏都是這身打扮，他的牙齒和頭髮是菸草色，臉是粉黏土色，上面有些看似神祕遠古的痕跡，彷彿他是跟化石一起被人由地下挖掘出來的。他身上有股汗溼鈔票的怪味，不過他從不帶錢，也不曾拿出一枚鎳幣。她當過他幾個月的秘書，老人一眼就看出這女人仰慕他。他們婚後三年是麥肯泰太太一生中最快樂和最發達的日子，可是他死後人們發現他根本就破產了，他留給她一幢已經抵押掉的房子和五十英畝他死前設法砍光木材的土地；他把所有東西都帶走，彷彿是人生的最後一場勝利。

不過她熬過來了。她甚至活得連老法官都自嘆弗如，也比佃農和牛奶工長命。她能應付喜怒無常的黑人，能撐住不斷耗竭的人工，甚至能獨自應付偶爾出現的吸血鬼、牛隻交易商、木工、買主和任何開輛滿載貨車到她院裡按喇叭的小販。

她身子稍微後傾站著，兩臂交抱在工作服下，一臉滿足地看著難民關掉水管然後消失在穀倉內。她很難過那個可憐人被趕出波蘭，橫過歐洲，落腳在一個陌生國家的佃戶木屋。可是他的遭遇不該由她負責。她自己也有過一段苦日子，她知道什麼是奮鬥，人應該奮鬥。古伊札克先生可能在橫越歐洲到這裡的途中凡事都有人照應。他也許沒必要那麼努力。她給了他一份工作，不知他心裡感不感激。她對他一點都不了解，除了知道他在工作之外。事實上，他對她來說不十分眞實，他是她目睹的一切奇蹟，一件她談論著卻仍不相信的奇蹟。

她注視著他從穀倉出來，對後面繞過來的沙克做手勢，然後從口袋裡拿出某件東西，兩個人就站在那兒看著。她沿小徑走過去，黑人的身材高而鬆垮，圓圓的頭顱如往常一樣呆呆向前伸；他比白癡聰明些，但就因爲像白癡才會是好工人。法官以前說要雇就雇白癡黑人，因爲他們笨得不曉得停止工作。波蘭人的手勢很快，他留了樣東西給黑人男孩就走開了；她還沒繞過小徑彎處就聽到曳引機開動的聲音，他正要去田裡，黑人還在那兒目瞪口呆地盯著手中的東西。

她走進空地，穿過穀倉，讚許地看著溼漉而乾淨的堅實地面。現在才九點半，蕭特利先生不管洗什麼一定要十一點以後才會洗好。她從另一頭出來時看到黑人緩緩地斜穿過她面前的道路，眼睛還盯著古伊札克先生給他的東西，他沒看到她。他停住腳，微彎下膝蓋傾身看手，舌頭打著小轉，他手上拿的是張照片，他伸出一隻手指輕輕拂過照片表面。然後，他抬起頭，一看到她，整個人似乎凍住了，半張著嘴，手指停在半空中。

「你為什麼沒去田裡？」她問。

他抬起一隻腳，嘴張得更大，手握著照片慢慢摸到後面褲袋去。

「那是什麼？」她說。

「沒什麼，」他囁嚅著自動遞給她。

那是一張少女的相片，年齡約十二歲左右，身穿白衣，一頭金髮套上一圈花環，睜著一雙溫柔鎮定的明亮眸子往前看。「這孩子是誰？」麥肯泰太太問。

「她，他的表妹。」男孩高聲說。

「那你拿這照片幹嘛？」她問。

「她要嫁給我。」他更高聲地說。

「嫁給你！」她尖聲喊道。

「我付了一半費用把她弄來這兒，」他說：「我一星期付他三塊錢，現在她長大多了，他表妹，她不在乎嫁給誰，只要能離開那地方就好。」他看著她的臉，聲音緊張得像噴射機直往上衝，然後又降到低谷。她的眼睛在他注視下是藍花崗岩的顏色，可是她沒看他，她看著路那頭曳引機聲傳來的地方。

「不過我不認為她會來。」男孩囁嚅地說。

「我會負責把每分錢都給你要回來。」她平淡地說完就轉身走開，手撞握著摺成兩半的照片。從她瘦小僵直的身影看不出她受了驚嚇。

她一回到屋裡就倒在床上，閉起眼睛，手按在心上，彷彿想把它留在那兒。她張嘴小聲乾叫了兩、三聲，過了一會兒，她坐起身大聲說：「他們都一樣，一直都這個樣子。」說完又平躺下去。「二十年來被打被殺，他們甚至還盜他的墓！」想到這，她開始靜靜哭起來，不時用工作服的衣邊擦眼睛。

她想到法官墓地上的天使；有天老人在城裡墓碑店窗內看到一座裸身花崗岩小天使像，他立刻愛上了它，一半是因為這臉孔讓他想起他的妻子，一半因為他想在自己的墓地上放一件真正的藝術品。他把它放在火車上的綠絨座位上帶回來。麥肯泰太太從沒看出它哪一點像她，她總覺得它很討厭，可是赫林一家把它從老人墓旁偷走時，她又驚又恐。赫林太太覺得它很漂亮，她常走到墓園去看它，赫林一家離開時，天使跟他們一起走了，只剩下腳趾，因爲老赫林的斧頭砍得高了點。麥肯泰太太一直沒錢再買一個。

她痛快哭完以後站起來走進後廳，這是個小房間，像教堂一樣幽暗安靜。她挨著法官黑色機械椅邊緣坐下，手肘撐在他的書桌上。這是張有捲縮頂蓋的書桌，有許多塞滿積塵文件的小間隔。舊帳簿和分類帳本堆在半開的抽屜裡。書桌中間嵌了像神龕的小保險箱，箱子是空的，但鎖了起來。自從老人死後，這地方她一直沒動過，這是他的紀念室，對她來說是神聖的，因爲這是他處理事務的地方。只要稍微傾斜，椅子就發生出鏽骨架的呻吟，聲音就像他抱怨貧窮時一樣。他的第一原則是說話要像世上最窮的人，她遵守這個原則，不只因爲他如此說，也因爲他們眞窮。當她坐著，緊繃的臉對著空保險箱時，她知道世上沒有比她更窮的人了。

她動也不動地在書桌前坐了十或十五分鐘，然後彷彿注入一些力量似地起身，上了車開往玉米田。

這條路通過茂密松林，最後止於山頂，山由此向下以扇形開展，再升成廣闊的青穗地。古伊札克先生由外圍繞著隱藏在田中央的墓園收割，她看到他在山坡高遠處駕著曳引機，後面帶了切割機和卡車，不時得爬下曳引機再爬上貨車撒下秣草，因爲黑人沒來。她站在她的黑色雙門車前，手橫抱在工作服下不耐地看著他由田地外緣慢慢推進，漸漸近到她可以揮手叫他下來的距離。他關掉機器跳下車跑過來，邊跑邊用一塊油污抹布擦發紅的下巴。

「我要跟你談談。」她說著示意他一起到蔭涼的樹林邊。他脫了帽微笑地跟在後面，但當她轉身面向他時，微笑消失了。她像蜘蛛腿般細長而嚴厲的眉毛緊攢起來，垂直的深窪從紅劉海下刻到鼻樑。她從口袋裡拿出摺成兩半的照片一語不發地交給他，然後後退一步說：「古伊札克先生！你想把這無辜的可憐孩子帶到這兒來嫁給一個偷東西的白癡臭黑人！你是哪種禽獸啊！」

他拿過照片，笑容又慢慢回到臉上。「我表妹，」他說：「她十二歲時；第一次領聖餐禮，現在十六歲。」

禽獸！她對自己說，她像第一次見到他似地注視著他。他的額頭和頭蓋骨處有帽子保護而呈白色，不過臉上其他部分是紅色，還長滿黃色短毛，金邊眼鏡的鼻樑部分用鐵絲修補過，眼鏡後的眼睛像兩枚發亮的釘子，整張臉看起來像是好幾張臉拼湊成的。「古伊札克先生，」她慢慢開始，然後愈說愈快直到上氣接不了下氣地停住，「那個黑人不能娶個歐洲來的白人太太，你不能跟一個黑人那樣說，你會煽動他，不能這樣，也許在波蘭可以，但在這裡不行，你得停止這麼做，這很愚蠢，那個黑人一點腦筋也沒有，你會鼓……」

「她在營裡三年……」他說。

「你的表妹，」她語氣堅決地說：「不能來這嫁給我的一個黑人。」

「她十六歲，」他說：「波蘭人，媽媽死，爸爸死，她在營裡等，三個營。」他從口袋裡掏出一個皮夾找出女孩的另一張照片，年紀比較大時的，穿著一件看不出身形的暗色衣服，跟一個矮小的女人靠在牆邊；那女人顯然牙齒全沒了。「她媽媽，」他指著那女人說：「她死在二營。」

「古伊札克先生，」麥肯泰太太邊說邊把照片推還給他，「我不能讓我的黑人難過，沒有黑人我這地方就經營不去，可以沒有你，但不能沒有他們，如果你再跟沙克提這個女孩，你就不用再為我做事了，你懂嗎？」

他的臉上沒有了解的神情，似乎正在把這些話在心中拼湊成一個想法。

麥肯泰太太想到蕭特利太太的話：「他什麼都懂，他只是假裝不懂才能為所欲為。」驚恐的表情在她臉上重現。「我不懂一個自稱基督徒的人，」她說：「怎能把一個可憐無辜的女孩帶到這兒，然後把她嫁給那種對象，我不懂，我眞不懂！」她搖搖頭，痛苦地睜著藍眼珠凝視遠方。

過了一、兩秒，他聳了下肩，頹然垂下雙臂，彷彿已經倦了。「她不在乎黑人，」他說：「她在營裡三年。」

麥肯泰太太覺得膝蓋後面有種奇特的虛弱感。「古伊札克先生，」她說：「我不希望再跟你提這件事，如果我再提起，你就必須另外找地方了，你懂嗎？」

那張破碎的臉沒作聲，她覺得他根本沒看到她。「這是我的地方，」她說：「誰走誰留由我決定。」

「噯。」他說著把帽戴回頭上。

「我不必對全世界的苦難負責。」她想想之後說道。

「噯。」他說。

「你有份好工作，你能待在這應該心存感激。」她又加了一句，「可是我不敢確定你是不是感恩。」

「噯。」他說著稍微聳了聳肩，轉身回到曳引機上。

她看著他上車把機器開回田裡，他經過她身邊，轉過彎。她爬上山坡抱著雙臂冷冷地瞭望田野。「他們都一樣，」她喃喃地說：「不管從波蘭還是田納西來的，我對付得了赫林和林菲爾德和蕭特利等家庭，我也能對付得了古伊札克。」她將視野縮小到曳引機的模糊身影上，彷彿望出槍的瞄準孔。她一輩子都在跟世界的氾濫對抗，現在它化身爲一個波蘭人。「你跟其他人一樣，」她說：「只不過你聰明、敏捷而精力充沛。不過我也如此，而且這是我的地方。」她站著，穿戴黑帽黑工作服，娃娃臉上刻滿歲月的痕跡，雙臂交抱，儼然不可一世的樣子。可是她心跳得像體內發生了暴動，她睜開眼整將片田野攝入眼簾，曳引機上的身影在她擴大的視野中就跟隻蚱蜢一般大。

她在那站了一會兒，一陣微風吹來，山坡兩側的玉米翻起巨浪，夾著單調吼聲的切割機繼續規律地將磨碎的玉米射到貨車上。太陽下山前，難民會把兩座山的山側繞切得只剩殘株。玉米田中央的墓園像小島般升起，法官躺在他被褻瀆的紀念碑下露齒而笑。

3

神父一隻手指撐著溫和的長臉，講了十分鐘有關煉獄的事，麥肯泰太太從對面的椅子上憤怒地斜眼瞥向他。他們在她的前廊上喝薑汁飲料，她不停攪動杯裡的冰塊，撥撥項鍊的珠子，晃晃手環，像匹不耐地甩動馬具的小馬。她沒有義務招待他，她在心裡嘀咕，一點義務都沒有。突然，她踉蹌站起，聲音像鑽孔機鑿過一把電鋸似地蓋過他的土腔。「聽著！」她說：「我不懂神學，我是實用派的！我要跟你談些實際的東西！」

「呃……」他嘎然煞住話聲哼著說。

她在自己的薑汁飲料中至少加了一指深的威士忌，這才能耐得住他的漫長拜訪，她笨拙地坐下時發現椅子比她預料的近些。「我對古伊札克先生不滿意。」她說。

老人假裝驚訝地揚起眉毛。

「他是多餘的，」她說：「他不適合這裡，我必須找個適合這裡的人。」

神父小心翼翼把膝上的帽子翻過來，他經常靜等一秒鐘再把談話導回他的話題上。他今年八十歲左右，她爲了雇用難民才去找他，在這之前不認識任何神父。他爲她找來波蘭人之後，利用介紹生意的關係想勸她入教——她早猜到他會這麼做。

「給他一點時間，」老人說：「他會讓自己適合這裡的，你那隻美麗的鳥在哪？」他問，然後又說：「啊，我看到了！」他站起來望向外面的草坪，孔雀和兩隻雌鳥神情緊張地一步步走著，長頸上有環狀羽毛；公鳥是亮藍色，母鳥是銀綠色，羽毛在傍晚陽光下閃閃發光。

「古伊札克先生，」，麥肯泰太太繼續說，聲音變得平板而平靜，「非常有效率，我承認，可是他不懂如何跟我的黑人相處，他們也不喜歡他，我不能讓我的黑人跑光了，而且我不喜歡他的態度，他對能夠待在這裡一點也不感激。」

神父的手搭在紗門上，他打開門準備逃走，「啊！我得走了。」他喃喃地說。

「我告訴你，如果我有個了解黑人的白人，我就會讓古伊札克先生走路。」她說完又站起來。

他轉身注視她的臉。「他沒有地方可去，」接著他又說：「親愛的女士，我知道你不會爲一件小事趕他走的！」不等她回答，他便舉起手祝福她，口中喃喃有聲。

她氣極而笑地說：「當然，並不是我造成他的境遇。」

神父讓目光漫向那幾隻孔雀。牠們走到草坪中央，公鳥突然停下，頸子向後彎，抬起尾巴沙沙展開，牠的頭上浮起一團金線靄霧，霧中是一層層亮麗的圈點。神父鬆開嘴呆呆站著。麥肯泰太太奇怪怎麼有這種白癡老人。「耶穌會像這樣來到世上！」他高興地大聲說，手抹過嘴站著凝視。

麥肯泰太太臉上浮起清教徒的表情，她脹紅了臉；談到耶穌使她尷尬，就如提到性使她母親尷尬一樣。「古伊札克先生沒地方可去並不是我的責任。」她說：「我不認爲我該對世上所有多餘的人負責。」

老人似乎沒聽到，他的注意力放在小步後退的公鳥身上。牠的頭抵著展開的尾巴。「基督變容！」他喃喃地說。

她不知道他在說什麼。「古伊札克先生當初就不必來的。」她冷冷地看看他說。

公鳥垂下尾巴開始啄草。

「他當初就不必來。」她再說一遍，一字一字地說。

老人不經心地笑了。「他是來解救我們的。」他說著溫柔地執起她的手握了握，然後說他得走了。

如果蕭特利先生再過幾週不回來的話，她就得出去另外雇人。她不希望他回來，可是當她看到那輛眼熟的黑車從路上開來停在屋邊時，她覺得她是那個艱苦遠行後回到自己地方的人。她一下子明白過來：她想念蕭特利太太。自從蕭特利太太走後，她就沒有能說話的人，她跑到門口，希望看到她一步步喘上台階。

蕭特利先生一個人站在那兒，頭上戴了頂黑氈帽，身上是紅藍棕櫚樹圖案的襯衫，可是他腫脹長臉上的刻痕比一個多月前深了。

「咦！」她說：「蕭特利太太呢？」

蕭特利先生沒說話，他面容的改變似乎因內在因素而起，看起來像個沒帶水而步行許久的人。「她是上帝的天使！」他大聲說：「她是世上最可愛的女人！」

「她在哪？」麥肯泰太太喃喃地說。

「死了。」他說：「她離開這裡那天心臟病發。」他臉上有種死屍的冷靜。「我想是那個波蘭人殺了她，」他說：「她一開始就看透他，她知道他是魔鬼派來的，她跟我說的。」

麥肯泰太太花了三天時間才從悲痛中恢復過來。她告訴自己，任何人都會以爲她們是一家人呢！她重新雇用蕭特利先生負責穀倉工作，雖然她並不想要他，因爲蕭特利太太不在了。她跟他說，她月底要給難民一個月的預先通知，那時他就能得回牛奶場的工作。蕭特利先生比較喜歡牛奶場的工作，他願意等。他說看到那個波蘭人被解雇給了他一點滿足感，麥肯泰太太則說她會有很大的滿足感。她坦承她應該對原來的幫手感到滿意，而不要到世上其他地方去找。蕭特利先生說自從參加過第一次世界大戰後，就知道外國人是什麼樣子，他從不喜歡他們。他說什麼樣的外國人他都看過，他們沒一個像我們這樣。他說他記得一個對他投擲手榴彈的人的臉孔，那人戴著跟古伊札克先生一樣的小圓眼鏡。

「可是古伊札克先生是波蘭人，不是德國人。」麥肯泰太太說。

「他們這兩種人沒什麼太大差別。」蕭特利先生解釋道。

黑人們很高興看到蕭特利先生回來。難民希望他們跟自己一樣努力工作，而蕭特利先生知道他們的限度。他自己從來不是好工人。以前有蕭特利太太幫他，現在沒了她，他更常忘三掉四，動作更慢。波蘭人跟往常一樣拚命工作，似乎絲毫不覺得要被解雇。麥肯泰太太看到她以為永遠不會做好的工作在很短的時間內完成，不過還是決心辭掉他。他忙碌僵挺的瘦小身影變成最讓她煩心的景象。她覺得她被老神父騙了，他說如果她不滿意，她沒有法律上的義務留住難民，可是他又搬出道義來。

她想告訴他，她的道義只針對自己的同胞，只針對曾為國家作戰的蕭特利先生，而不是針對來這兒佔盡便宜的古伊札克先生。她覺得一定得在辭掉難民前把這些告訴神父。到了月初，神父沒再來，她把通知難民的時間延後了幾天。

蕭特利先生告訴自己，他早該看清沒有一個女人是言出必行的。他不知道還能忍受她的躊躇不定多久，他想她心軟了，她怕那個波蘭人找不到其他地方安身。他可以告訴她，其實如果她讓他離開，三年之後他就會有自己的房子，屋頂還會裝上電視天線。於是，他開始每天晚上到她後門告訴她一些事實。「一個白人受的待遇有時還不如一個黑人，」他說：「可是沒關係，因爲他還是白人，不過有時候，」說到這兒他會停下來看著遠處，「一個爲國家打仗、流血、犧牲的人得不到跟他敵對作戰的人所得的待遇，我問妳，這樣公平嗎？」當他問她這種問題時，他從她臉上看得出他的話在她身上起了作用。她這些天臉色不太好，他注意到她眼睛四周出現皺紋，他和蕭特利太太是這裡唯一的白人幫手，她沒有這些皺紋。一想起蕭特利太太，他的心就像舊冰桶掉入乾井似地往下沉。

老神父似乎在上次拜訪中被嚇壞了，他一直沒露面；不過最後知道難民沒被解雇，他壯起膽子再來拜訪，想繼續上次對麥肯泰太太的指導。她不曾要求他指導，可他還是要做，每次談話都插進一點聖禮儀式或教義；不管跟誰談，他都如此。他坐在她的門廊上，毫不注意她半嘲半怒的表情和一隻搖來晃去的腳，等機會切斷他的談話。「因爲，」他彷彿說的是昨天鎮上發生的事，「當上帝派祂的獨生子，我們的耶穌基督」——他微微低下頭——「來當人類的救世主時，祂……」

「弗林神父！」她說話的聲音使他跳了起來。「我想跟你談件嚴重的事。」

老人右眼下的皮膚縮了一下。

「對我來說，」她狠狠瞪著他說：「耶穌只是另一個難民。」

他稍稍抬起雙手，又讓它們落在膝上。「啊。」他低聲說，似乎在思索這句話。

「我打算讓那個人走路，」她說：「我對他沒有任何義務，我盡義務的對象是那些爲國家做了些事的人，而不是那些到這裡佔盡便宜的人。」她記起要說的話，速度快了起來，神父的注意力似乎退回某個隱密處，等她說完。有一、兩次他的目光漫向外面的草坪，彷彿在找尋某種躲避的方法，可是她沒停下來。她告訴他，這三十年來她怎麼撐持這地方，一直在應付那些不知從哪來又不知道到哪去的人，她勉強維持，那些人什麼都不要，只要一輛車。她說她發現他們都一樣，不管來自波蘭或田納西。如果古伊札克一家翅膀硬了，她說，他們會毫不猶豫地離開她。她告訴他，看起來有錢的其實是最窮的人，因爲他們要維持最多的東西。她問他，他以爲她是怎麼付飼料帳單。她告訴他，她想重新改裝一下房子，可是負擔不起；她甚至沒錢把丈夫墳上的碑修好。她問他想不想猜猜她一年的保險費多高，最後她問他是不是以爲她是鈔票做的。老人突然難聽地吼了一聲，彷彿這是個好笑的問題。

拜訪結束時，她覺得很失望，雖然她顯然贏了，她現在打定主意：月初時她將給難民月前通知。她跟蕭特利先生說了。

蕭特利先生一句話也沒說。他太太是他認識唯一不因害怕而不實踐諾言的女人，她說那個波蘭人是魔鬼和神父派來的。蕭特利先生毫不懷疑神父對麥肯泰太太有某種奇特的控制力，不久後她就會開始參加他的彌撒了。她看來似乎內心受著某種東西折磨，人瘦了，情緒也愈來愈不穩。她不像以前那麼敏銳，她現在可以注視著一只牛奶桶而沒看出有多髒，他還看過她沒說話嘴唇卻在動。波蘭人一件事也沒做錯，不過他還是令她心煩。蕭特利先生則愛怎麼做就怎麼做，並不一定照她吩咐，可是她似乎沒注意；她卻注意到波蘭人和他的家人愈來愈胖，她指給蕭特利先生看，他們凹下的雙頰都豐滿起來了，他們還把賺得的每分錢都存起來。「是啊，太太，總有一天他能把妳給賣了。」蕭特利先生大著膽子說，他看得出這句話撼動了她的心。

「我就等月初。」她說。

蕭特利先生也在等，月初到了，月初過了，她並沒辭退他。他大可到處宣揚情況會如何演變，但他不是個脾氣火爆的人，然而他又不願看到一個女人被一個外邦人搞垮。他覺得這是個男人無法袖手旁觀的事。

麥肯泰太太根本可以馬上辭掉古伊札克先生，然而她一天天拖下去。她擔心她的帳單和健康，她晚上無法入睡，即使睡著也會夢到難民。她從來不曾解雇任何人，都是他們離開她。有天晚上她夢到古伊札克先生和他家人搬進她的房子，而她搬去跟蕭特利先生住，這太過分了，她醒了過來。之後連著好幾晚都沒睡著，有天晚上她夢到神父來訪，不停嗡嗡說：「親愛的女士，我知道妳不忍心把那可憐人趕出去，想想數以千計的這種人，想想那些焚化爐、那些車廂、那些集中營和病童和我們的主耶穌。」

「他是多餘的，他擾亂了這裡的平靜。」她說：「我是個講理的實際女人。這裡沒有焚化爐，沒有集中營，沒有我主耶穌，他走了以後，他會賺更多錢，他會在磨坊工作，買輛車，不跟我說話——他們想要的只是一輛車。」

「那些焚化爐、那些車廂和那些病童。」神父嗡嗡地說：「和我們親愛的主。」

「太多了。」她說。

第二天早晨，她吃早餐時決定立刻通知他，她站起來走出廚房，沿路往下走，手裡還拿著餐巾。古伊札克先生在對穀倉灑水，一手支在臀上晃著背站著；他關掉水管，不耐煩地看了看她，彷彿她打擾了他的工作。她沒想好要跟他說什麼，只是人來了，她站在穀倉門口，狠狠瞪著乾淨的溼地板和滴水的柱子。「呀古？」他說。

「古伊札克先生，」她說：「我無法顧到我的義務了。」然後她聲音大了點、硬了點、一字一字地說：「我有帳單要付。」

「我也是，」古伊札克先生說：「很多帳單，很少錢。」他聳聳肩。

在穀倉另一頭，她看到一個尖鼻的長影蛇一般地滑向陽光照耀的門，滑到一半，影子停住了。她覺察到身後一分鐘前黑人推嚷聲傳來的地方現在卻是一片寂靜。「這是我的地方，」她生氣地說：「你們都是多餘的，你們每一個都是多餘的！」

「嗳。」古伊札克先生說著再打開水管。

她用手上的餐巾擦擦嘴走開，彷彿已完成任務。

蕭特利先生的身影退到門外，他倚在穀倉牆上點燃從口袋掏出的半根菸，現在他只有等上帝的手出擊，不過他知道一件事：他不會閉嘴等待的。

從那天早晨開始，他開始對每個遇到的人（不管黑人還是白人）抱怨，並提出他的說詞。他在雜貨店、在法院、在街角抱怨，他還直接向麥肯泰太太抱怨，因爲他問心無愧。如果那個波蘭人能聽懂他的話，他也會對他說：「人人生而自由平等。」他對麥肯泰太太說：「我冒了生命和軀體的危險證明它，我作戰、流血、犧牲，然後回來卻發現誰搶了我的工作？就是和我作戰的敵人。一枚手榴彈差點炸死我，我看到是誰投的，是戴著他那種小圓眼鏡的小人，可能就是在同家店買的，世界眞小。」他苦笑一聲。沒有蕭特利太太幫著說話，他開始自己來，結果發現自己很有說話天分，有那種讓別人了解他的邏輯的能力。他跟黑人談了很多。

「你們爲什麼不回非洲去？」一天早晨他和沙克一起清理貯物倉時問他。「那是你們的家鄉，不是嗎？」

「我才不要到那兒去，」男孩說：「他們會把我吃掉。」

「唉，如果你規矩點，你沒理由不能留在這兒。」蕭特利先生好心地說：「因爲你不是從哪裡逃走的，你的祖父是被買來的，他來這裡不是自己決定的，我反對的是那些逃離他們家鄉的人。」

「我不想去旅行。」黑人說。

「呃，」蕭特利先生說：「如果我再要旅行的話，我會去中國或非洲，你到這兩個地方去可以立刻看出你跟他們不同；如果到其他地方就只能等他們開口說話才能看出差異，不過你不一定都看得出來，因爲他們有一半左右會英文。我們就錯在這裡，」他說：「讓那些人懂英文，如果每個人只懂自己的語言，麻煩就少多了。我太太說，懂兩種語言就像你有兩隻眼睛長在後腦袋上，那麼你頭上就不能戴東西了。」

「眞的，」男孩喃喃地說，接著加了一句，「她人好，她人眞好，我沒見過比她更好的白人女人。」

蕭特利先生轉過身，一語不發地工作了一會兒。過了幾分鐘，他直起身用鏟把敲敲黑人男孩的肩膀，一雙溼眼意味深長地看著他，然後柔聲說：「主說，復仇在我。」

麥肯泰太太發現鎮上每個人都從蕭特利先生那兒聽到這件事，大家都不滿她的作法。她開始明白她在道義上必須辭掉那個波蘭人，而她一直不敢做，因爲她覺得難以開口。她終於受不了愈來愈重的罪惡感，一個寒冷的星期六早晨，她吃完早餐後準備去辭掉他，她走到曳引機發動聲傳來的機器棚。

地上結了厚厚一層霜，田地看來像粗糙的羊背，太陽幾乎是銀色的，樹林像乾豬鬃似地豎往天際，鄉間似乎從環棚的小噪音圈往外退開。古伊札克先生蹲在小曳引機旁裝零件，麥肯泰太太希望他在最後三十天內把整片田犁好，黑人男孩拿著一些工具站在旁邊，蕭特利先生在棚下正要爬上大曳引機，好把它倒退出去。她準備等他和黑人走開，再執行這項不愉快的任務。

她一邊站著看古伊札克先生，一邊跺著堅硬的地面，因爲寒冷像麻痺般爬上她的腿腳。她穿了件厚重的黑大衣，頭上是紅色頭巾，黑帽壓在上面擋光，黑帽下神情茫然，有一、兩次她的唇無聲地動了動。古伊札克先生在機器聲中喊著要人遞螺絲起子，接過來後他仰躺在結冰的地上由機器底下往上修。她看不到他的臉，只看到他的腿、腳和身體突兀地伸出來。他穿雙濺了泥的破膠鞋，抬了抬膝又放下，又稍稍轉身，她最討厭他沒有自己主動離開。

蕭特利先生上了大曳引機，正從棚下倒車出去。他似乎被機器烘暖了，彷彿它的熱和力量傳輸到他身上，他立刻加以吸收。他朝小曳引機開去，又輕輕煞住，跳下車回棚內來。麥肯泰太太定定地瞅著古伊札克先生平放在地上的腿。她聽到大曳引機的煞車聲，抬起頭看到它往前開，踩出自己的路，過了一會兒，她想起看到黑人靜靜地跳開，彷彿被地裡的一根彈簧彈走，她也看到蕭特利先生奇慢地轉頭靜靜地瞪過來。她開始對那個難民大吼，其實她沒有；她覺得她的眼睛和蕭特利先生的眼睛和黑人男孩的眼睛凝聚在一種表情中，在共謀中永遠凝住，她聽到曳引機輪子壓碎波蘭人背脊的聲音。兩個男人跑去幫忙，她昏倒了。

她記得，當她甦醒過來時，她跑到一個地方，也許進屋又出來，可是想不起爲什麼去；也不記得自己是否又昏倒了。她終於回到曳引機所停的地方，救護車到了。古伊札克先生的屍體上伏著他太太和兩個孩子，旁邊站著一個黑色身影，喃喃說著她聽不懂的話。剛開始她以爲是醫生，但接著她心煩地發現是神父。他是跟著救護車來的，他把某個東西塞進壓碎的人嘴裡，然後站起來。她先看到他血跡斑斑的褲管，再看到他的臉，臉朝著她，卻像鄉間的其他景物退縮而漠然，她只呆呆地瞪著他，因爲震驚而迷糊了，無法確知發生了什麼事。她覺得自己置身於陌生的國度，圍在屍體旁的是土著，她則像陌生人般看著救護車載走死者。

這天晚上蕭特利先生不告而別，另外去找新工作。黑人沙克突然興起看看世界其他角落的念頭，動身往南部去。老人亞斯特沒法獨自工作。麥肯泰太太不曾覺察到自己一個幫手也不剩，因爲她得了神經緊張的症狀，必須住進醫院。她回來時覺得無法再繼續經營這地方了，就將乳牛委託給一位專業拍賣人（她低價出售了這些牛）。她退休，靠剩餘的財產過日子，並試著挽救日漸走下坡的健康。她的一條腿慢慢麻痺，手和頭開始抽搐，最後不得不整天躺在床上，僅由一個黑女人服侍。她的視力逐漸衰退，並且完全失去聲音。沒有太多人記得來鄉下看她，除了老神父，他每星期來一次，帶著一袋麵包屑，餵完孔雀之後，他會進屋來坐在她床邊開始解釋教理。

譯後記

陳芝萍

生命意義的探求

芙蘭納莉．歐康納（Flannery O'Connor）一九二五年出生於美國喬治亞州的沙瓦納（Savannah），父親經營房地產生意，父母皆為天主教徒，歐康納小時即就讀教會學校。一九三九年父親得病，全家搬至梅吉維爾（Milledgville）——母親以前的家，兩年後父親去世。次年她進入喬治亞女子學院就讀，主修社會學，此時她開始對寫作產生興趣。一九四五年畢業後又加入愛荷華大學作家研習班，一九四七年得到文學碩士學位後她到紐約州的沙拉多加溫泉鎮（Saratoga Springs）和紐約市待了一段時間。一九五〇年，她的第一部長篇小說《智血》（*Wise Blood*）即將完成之際，她得了狼瘡，在亞特蘭大治療了半年後回家休養。由於行動不便，她母親將家搬至附近的安達露西亞（Andalusia）農莊，在這裡，二十六歲的歐康納繼續寫作，並以寫信聯絡知交和結識筆友，這種近乎隱居的生活一直持續到她一九六四年死於狼瘡。她的作品包括一九五二年的《智血》和《暴力奪取》（*The Violent Bear It Away, 1960*）兩部長篇小說和三十二篇短篇小說。

歐康納一生除了短時間出外、演講和旅行外，都待在喬治亞州。她的作品也多以家鄉或鄰近鄉鎮爲背景，筆下人物也多富南方色彩，我們甚至可在她作品中發現自身生活的影子，例如母女相依的生活或農莊作息，然而不論鄉土人情或自身經驗都只是她的靈感，而非寫作呈現的目標。她慣以寫實的描繪架構抽象的感性世界，先刻畫出貌似眞晰的視覺意象，再層層剝剖，直透人物流移的意念，每篇作品自成獨特的心靈宇宙，充滿其中的是疏離、黑暗和可能的救贖。

歐康納是位虔誠的天主教徒，宗教思想也不時地反映在她的作品中，不過，宗教觀點並不是她作品的絕對意義或唯一的詮釋角度；與其說宣揚天主教教義是她的寫作使命，不如說天主教精神是她的寫作動機。

在她的小說世界裡，人性是殘缺的，人的驕傲、愛己、自滿和自以爲是，足以導致暴力、疏離甚至毀滅。然而人仍有自我救贖的潛能，其方法爲看清自己、與人溝通並接受上帝。歐康納小說中的上帝是種神祕的精神存在，人可由自然或各種事物中體認，這種體驗會使人自省而提升自我，不過歐康納作品描述的重心往往不是上帝恩典的獲得，而是人的追尋和掙扎。她以冷眼將自我受外界人事物衝擊而認知或挫敗的過程，用近乎暴力的手法呈現，她相信局限在無所肯定、不完美世界中的心靈探索。掙扎、認知或挫敗必導致強烈的情感表現。此種追尋是個人的，歐康納的小說世界是個人的內心世界，社會或團體並不重要；溝通也多限於個人對個人或個人對上帝，人物的外在和外在事物只是她用以呈現人物內心深層意念的媒介。

由此可知，用「南方作家」或「天主教作家」定位歐康納並不算完全正確，她運用了鄉土和宗教這兩種背景，卻又加上自己獨特的生命觀和表現方法，她的小說世界是抒情與暴力，寫實與抽象，已知與未知的詭異組合。儘管歐康納具有強烈的宗教道德感，但她在作品中盡量避免任何批判或詮釋，而將其意義留給讀者去判斷、賦予。不過讀者往往可在小說人物的自以爲是和作者全知觀點所呈現事實的差異之間察覺諷刺或戲謔的口吻。

大體而言，歐康納長篇小說中的人物追尋生命意義和價值的過程較完整，但宗教意識較濃，使情節架構有空洞之感。在短篇小說中，人物內心衝擊所產生的張力和作品的氣氛掌握得較好。《好人難遇》（*A Good Man Is Hard to Find*）這本短篇小說集共收錄十篇作品，這些作品充分顯示了歐康納所關切的主題與風格。

〈好人難遇〉描述一位祖母的封閉世界如何粉碎在暴力之下。她想重溫故園舊夢的自私想法使她和兒子全家遭到逃犯「人渣」和他部下的毒手。她的自以爲是固然難令人同情，而「人渣」無法肯定自我所導致的暴力更讓人寒心，讓人不得不感歎「好人難遇」。

生活在自我封閉世界中的扭曲心靈常是歐康諾攻擊或諷刺的對象，因爲這種人往往不願正視事實，卻將一己慾望加諸在別人身上。除了〈好人難遇〉的老祖母和「人渣」之外，〈救人，救己〉中的奎特太太、〈火中之圈〉裡的考伯太太、〈鄉村良民〉中的賀爾嘉和〈難民〉中的蕭特利太太等人身上也有同樣的傾向。

〈好人難遇〉中「人渣」對生命意義的渴求也存在〈河〉的主角心中。哈利是位缺乏父母關心的男孩，偶然被臨時保母帶去參加佈道會而相信基督的國度可在河中找到，抽象的信仰在他空虛的心靈中成爲神祕的眞實，然而他付出的代價是死亡。

期待與事實間的差距使〈救人，救己〉這篇作品充滿諷刺。湯姆．史弗列這位語帶哲學家口吻的斷臂流浪漢闖入了奎特太太與白癡女兒露西妮爾相依爲命的世界。奎特太太以爲用物質和金錢可以買到一位女婿，史弗列卻在公證結婚後將露西妮爾丟在路邊餐廳，並駕著她們的車離去，他想追求精神的自由，卻換來滌不清的罪惡感。

跟史弗列一樣，〈幸運天降〉的露比以爲精神自由就是不受牽絆。露比一直小心避孕，因爲她曾目睹母親爲生兒育女而喪失青春。她期待搬家，改善物質條件，卻驚恐地發現算命師口中的天降「幸運」竟是懷孕。

〈聖靈之殿〉和〈人造黑鬼〉的主題都是認知上的啓蒙。前者敘述驕傲的十二歲女孩從來度週末的表姊們口中聽到「聖靈之殿」一詞，她在英雄式幻想和沉思園遊會上畸型人的話語中尋求認同。最後，藉由參加聖體降福儀式，她眞實體認到上帝的力量與人的有限，才眞正成爲「聖靈之殿」。〈人造黑鬼〉中受啓蒙的是一對祖孫，在一趟進城的痛苦經歷中，孫子尼爾森認識了世界與人性的黑暗，祖父赫德先生也第一次發覺自己的無知與邪惡，最後藉一座黑奴像引發的神祕體驗，祖孫兩人消除了疏離，卻無法消除痛苦。

痛苦卻是〈火中之圈〉裡的考伯太太以爲可避免的。她藉著農莊建立起自足的心靈世界，自認可以應付任何困境或麻煩，但三位尋訪父親舊日工作地點的不速之客卻粉碎了她的想法。想暢快遊莊的小孩與拚命想保衛農莊的考伯太太之間展開對抗，然後考伯太太最害怕的事情——火災——發生了，她不願正視的現實毀了她的世界。

諷刺也是〈遲來的一仗〉的主要特色。我們一方面看到六十二歲的小學教師莎莉，在二十年辛苦而不情願的進修後，處心積慮想在畢業典禮上炫耀她一百零四歲的將軍祖父的光采。

另一方面我們發現象徵榮耀的薩虛將軍其實只是虛假和被遺忘的空殼。最後將軍在輪椅中與假想敵「歷史」大戰而悄悄氣竭，同時站在講台上的莎莉卻正驕傲地接過畢業證書。

在〈鄉村良民〉中，我們再次看到封閉心靈的盲目所造成的痛苦。具有哲學博士學位的賀爾嘉自信有透視事物眞相的智慧，她的半條腿不但是她缺陷的表徵，也成爲她賴以證明獨特自我的工具，她拒絕快樂（爲此她改掉自己原來的名字Joy）卻仍幻想愛情，她以爲能以愛情控制一位貌似純樸的聖經推銷員，他卻卸下她的木腿帶走，將她丟在離家有一段距離的廢棄老穀倉裡。

〈難民〉的故事情節分兩部分，各以蕭特利太太和麥肯泰太太爲重心。蕭特利太太只是農莊僱工，卻自視爲整個地區的主人，麥肯泰太太收容僱用的波蘭難民破壞了她的自我世界，古伊札克先生的辛勤工作也威脅到她和丈夫的留用，她憤而帶著全家離開，讓自己成了「難民」，卻在途中死於心臟病。生活在自足世界的麥肯泰太太也感受到威脅，波蘭難民想以勸黑人「買妻」的方式救出在集中營的十六歲表妹，這個企圖破壞了她世界中黑白關係的「秩序」，以致當重返的蕭特利「意外」壓死古伊札克先生時，她未出聲音警告。難民的死亡毀了她的農莊和生命力，視難民和耶穌爲「多餘」的她在故事結束時也成了「多餘」的病人。

基本上，歐康納筆下的人物都是難民，因爲他們不是脫離人性就是無法肯定自我，唯有認清小我的有限，以謙卑和愛才能找回失落的歸屬感，由「難民」成爲「好人」。在這篇小說集中，我們似乎不斷地聽到作者的吶喊：誰不是「難民」？但誰又是「好人」呢？

小說精選

好人難遇：芙蘭納莉・歐康納小說集

2014年3月二版　　定價：新臺幣290元

著　者　Flannery O'Connor
譯　者　陳芝萍
發行人　林載爵

出版者　聯經出版事業股份有限公司
地址　台北市基隆路一段180號4樓
編輯部地址　台北市基隆路一段180號4樓
叢書編輯電話　(02)87876242轉227
台北聯經書房：台北市新生南路三段94號
電話：(02)23620308
台中分公司：台中市北區崇德路一段198號
暨門市電話：(04)22312023
台中電子信箱　e-mail：linking2@ms42.hinet.net
郵政劃撥帳戶第0100559-3號
郵撥電話：(02)23620308
印刷者　世和印製企業有限公司
總經銷　聯合發行股份有限公司
發行所：新北市新店區寶橋路235巷6弄6號2樓
電話：(02)29178022

叢書編輯　程道民
封面設計　高偉哲
校對　翁仲琪

行政院新聞局出版事業登記證局版臺業字第0130號

本書如有缺頁，破損，倒裝請寄回台北聯經書房更換。　ISBN 978-957-08-4365-1 (平裝)
聯經網址：www.linkingbooks.com.tw
電子信箱：linking@udngroup.com

國家圖書館出版品預行編目資料

好人難遇：芙蘭納莉・歐康納小說集/ Flannery O'Connor著．陳芝萍譯．二版．臺北市．聯經．2014年3月（民103年）．256面．14.8×21公分（小說精選）
譯自：A good man is hard to find and other stories

ISBN 978-957-08-4365-1（平裝）

874.57　　103003165